Mietgeschichten
Meine Erfahrungen als Vermieterin

Die Autorin
Barbara Pausch, geboren 1958 in Leipzig, hat ihre
Heimatstadt im Herbst 1989, kurz vor dem Fall der
Mauer, mit ihrem damals 8- jährigen Sohn in Richtung
Westen verlassen.
Mehrere berufliche Stationen brachten sie schließlich in
die Versicherungs- und vor allem Immobilienbranche.
Eigenen Erfahrungen und die guter Freunde
veranlassten Sie, dieses Buch zu schreiben.

Barbara Pausch

Mietgeschichten

Meine Erfahrungen als Vermieterin

Eigentlich war alles topgeplant. Wir wollten rüber.

Wir hatten Verwandte, die durch unsere Mutter, die ja seit einigen Jahren Rentnerin war und fahren durfte, mit uns durch Erzählungen bekannt waren.

Ab und an besuchten Sie uns auch, meistens zur Leipziger Messe.

Die Entscheidung fiel erstaunlich schnell und urplötzlich.

Eben noch hatte ich einen früheren Schulkollegen getroffen.

Erst jahrelang nicht, dann jeden Dienstag.

Da war alles klar.

Ich arbeitete damals genau gegenüber der Stadtverwaltung.

Dienstags war Sprechtag und Jürgen kam anschließend immer rüber essen.

Ich war zu dieser Zeit seit einigen Jahren in der Gastronomie tätig.

Manche Leute sah man immer nur dienstags, so auch Jürgen.

Ich sprach ihn direkt an und fragte, ob er auch weg wolle, rüber in den Westen.

Jürgen wurde rot.

Alles klar.

Er wollte weg.

Er ging wohl nicht so offen damit um, wie mittlerweile viele andere.

„Mensch, Jürgen. Überleg dir das. Hier weißte, was du hast".

„Merkst du nicht, was los ist? Hier klappt doch gar nichts mehr, es macht einfach keinen Spaß mehr.

Ich verdien ´ne Menge Geld, aber was kann ich damit anstellen?

Auto kaufen?- Entweder 'ne Schrottkarre zu erhöhtem Preis oder 15 Jahre warten. Verreisen?- Selbst, wenn du nach Russland willst, wird dir noch vorgeschrieben, wo du lang darfst!

Zu den Tschechen? Klar, das ist okay, aber da kenn ich mittlerweile jede Ecke.

Den ganzen Ostblock habe ich zur Genüge gesehen.

Einfach mal nach Italien oder Spanien oder…. Mir fallen ´ne Menge Ziele ein, die ich mir mal ansehen würde…"

Auf einmal kam Jürgen nicht mehr.

Er war wohl weg.

Ob direkt, also mit Genehmigung, oder über Prag oder eine andere Botschaft- keine Ahnung.

Ich hörte erst viele Jahre später von seinem Bruder, dass er in Ungarn war, als der Schlagbaum zu Österreich fiel.

Es tat sich Vieles in dieser Zeit.

Zum einen wurde die politische Lage immer gravierender.

Zum Beispiel gab es Berichte von den Studentenaufständen in China.

Sie begehrten auf, wollten Änderungen und wurden einfach zusammengeprügelt.

Die DDR- Regierung befürwortete das Verhalten der chinesischen Regierung.

Es war einfach unglaublich....

Das wurde zwar nicht in den DDR-Medien publiziert, aber wir empfingen ja das Westprogramm. Die Tagesschau und andere Reportagen zum Thema Wandel in der DDR wurden immer mehr zum Muss.

Die sich unter anderem daraus ergebenden Proteste der DDR- Bürger wurden immer mehr sichtbar.

Auf einmal wurde durch die einfachen Leute nicht mehr hinter vorgehaltener Hand die Situation besprochen.

Denn wenn eine „falsche" Person Kritik zu hören bekam, stand man schnell am Pranger der Stasi. Nein. Immer mehr Leute wurden immer mutiger und sagten offen ihre Meinung.

Zum anderen vollzog sich in mir ein Wandel.

Schlüsselerlebnis waren tatsächlich die Ereignisse in China und das Verhalten der DDR-Regierung dazu.

Nun wurde mir angst und bange, dass, da ja unsere Bürger auch immer häufiger auf die Straße gingen, ähnlich wie 1954 Panzer auflaufen würden oder wie

1968 in der damaligen ČSSR der gesamte Warschauer Pakt alles zusammenschlägt.

Das hatte ich, da ich mich damals dort aufhielt, persönlich erlebt.

So kam es, dass ich keine drei Monate, nachdem ich Jürgen bezüglich seines Vorhabens meine Skepsis oder gar Unverständnis bekundet hatte, dasaß und meinen Ausreiseantrag schrieb.

Das tat ich sehr entschlossen.

Im Grunde hatte ich das gleiche Problem wie Jürgen.

Ich verdiente gut, mein Konto wurde immer praller und gesehen hatte ich auch schon viel, aber meine Abenteuerlust und Sehnsucht waren riesengroß.

Am 09. Mai 1989 gab ich den Ausreiseantrag ab.

Eigentlich stellte ich gar keinen Ausreiseantrag sondern einen Antrag auf Ablegung der Staatsbürgerschaft der DDR.

Es hatte sich etwas verzögert, da ich mir erst mal einige Unterlagen besorgen wollte, denn der Antrag sollte fundiert sein.

Ich wurde gebrieft von anderen, die die ganze Prozedur bereits hinter sich hatten:

nur Tatsachen schreiben, keine Behauptungen aufstellen, die nicht bewiesen werden konnten, alles belegen.

Ich erhielt von genau diesen Leuten die Schlussakte von Helsinki und, was noch wichtiger und für mich und sehr interessant war, da ich das bis dahin gar nicht kannte: das Staatsbürgerschaftsgesetz der DDR.

Da stand doch tatsächlich drin geschrieben- der Paragraf ist mir nicht mehr geläufig- dass jeder DDR- Bürger seinen Wohnort frei wählen kann.

Und das war nicht auf das Territorium der DDR begrenzt. Es war weltweit gemeint.

Auch stand darin, dass jeder, wenn er das will, die Staatsbürgerschaft ablegen kann.

Meine Vermutung war, dass man damit der westlichen Welt zeigen wollte, dass diese Möglichkeit bestanden, aber ja gar nicht von den Bürgern genutzt, weil nicht gewollt, wurde.

Diese Überlegung zeigte mir mal wieder, wie weit weg die Betonköpfe von der Realität waren.

Der Sommer verging mit nur zwei damit im Zusammenhang stehenden Ereignissen (mehr habe ich jedenfalls nicht bemerkt):

Mein Telefon wurde abgehört und das ziemlich dilettantisch.

Bei jedem Anruf hörte man, bevor ein Teilnehmer sich meldete, ein Klicken.

Erst dachte ich, dass es an der Technik lag, aber ich hatte einen Bekannten bei der DDR-Telekom (ich weiß gar nicht mehr, wie die Telefonfirma dort richtig hieß), der mich aufklärte:

überleg dir ab sofort, was du sagst. Keine Behauptungen, die du nicht beweisen kannst,….

Jedenfalls schützte ich auch die Telefonteilnehmer indem ich jedes Mal diese, ehe sie etwas sagen konnten, darüber informierte, dass die Stasi mithörte.

Das hatte keinerlei Folgen für mich, denn dann hätten diese Herrschaften ja eingestanden, dass sie tatsächlich mithörten.

Das zweite Ereignis:

Ich wurde einmal beobachtet.

Es war ein heißer Tag. Wir kamen vom Baden nach Hause.

Als wir ins Haus gingen, stieg ein Herr aus seinem Wartburg, der wohl schon einige Zeit dort stand, und fragte eine ältere Dame aus unserem Haus, die aus dem Fenster schaute, ob ich die Person war, nach der er sich bereits erkundigt hatte.

Sie bejahte, er stieg ins Auto fuhr weg.

Ich klingelte bei der Nachbarin.

Sie erzählte, dass der Herr sich über mich erkundigt hatte, sie aber nur gesagt habe, dass ich völlig unauffällig lebe, meiner Arbeit nachgehe und ein liebevolles Verhältnis zu meinem Sohn habe.

Mehr passierte vorerst nicht.

Ich benahm mich tatsächlich sehr unauffällig, da ich, obwohl gar nicht ängstlich, doch Bedenken hatte, da ich nicht nur für mich, sondern als alleinerziehende Mutter ja auch für meinen damals 8-jährigen Sohn verantwortlich war.

Immer öfter hörte ich von Vorkommen, dass auf einmal Familienmitglieder verschwanden und die Betroffenen nichts von deren Verbleib erfuhren.

Genau da war ich angreifbar.

Mein Sohn war von Anbeginn der Sinn meines Lebens.

Ihm durfte niemand etwas antun.

Ich wurde ca. drei Wochen nach Abgabe meines Antrags vorgeladen, zu einer Zweigstelle des Innenministeriums.

Eine junge Dame führte mit mir ein Gespräch.

Etwas abseits saß eine andere, die so tat, als ginge sie das alles nichts an.

Wenn ich zu ihr schaute, blickte sie gelangweilt aus dem Fenster. Aus dem Augenwinkel sah ich aber, dass sie fleißig mitschrieb.

Ich machte meiner Gesprächspartnerin klar, dass ich an dem Antrag festhalte wollte, obwohl sie mir sagte, dass sich doch die DDR im Umbruch befände (das sagte sie übrigens im Mai!) und Leute wie ich es bin, hier gebraucht würden.

Ich versuchte ihr zu erklären, dass bitte schön die Leute, die die Karre in den Dreck geschoben haben, diese

gefälligst auch heraus holen sollen, sie mir sagte, dass
mein Antrag eh abgelehnt würde, ich ihr darauf
entgegnete, dass die Behörden dann gegen ihre eigene
Gesetze verstoßen würden (.. jeder Bürger kann seinen
Wohnort frei wählen..)
- es gab einen regelrechten Schlagabtausch.
Sie entließ mich aus dem Gespräch und alles war offen.
Das nächste Mal klingelte im September die Dame, die
bei dem Gespräch am Fenster saß, bei mir und drückte
mir eine Karte in die Hand, auf der geschrieben stand,
dass ich am Soundsovielten auf ihrer Behörde zwecks
„Klärung eines Sachverhaltes" zu erscheinen habe.
Da war klar, jetzt tut sich was.
Ich durfte sogar frei wählen, wann ich das Land
verlassen wollte.

Wir machten einen richtigen Umzug, da meine
Verwandten alles einlagern konnten.
So fiel mir der Anfang finanziell nicht ganz so schwer.
Am 01.11.1989 stieg ich vormittags mit meinem Sohn in
den Zug und gegen späten Nachmittag in Gießen aus.
Das Aufnahmelager hatte uns am nächsten Vormittag
schon nicht mehr.
Es ging auf nach Koblenz.
Dort erwartete uns mein Bruder, der Ende Mai
abgehauen war.

So weit, so gut.

Der Mann meiner Cousine hatte ein Häuschen, welches wir mieten konnten, denn die derzeitigen Bewohner hatten erhebliche Mietschulden und die Zwangsräumung stand an.

Es schien alles geradlinig zu laufen- aber es schien nur so.

Am Abend vor der Zwangsräumung rief mein Verwandter an und teilte mit, dass die Mieterin ihm angeboten hatte, alle Mietrückstände zu zahlen, zuzüglich eine hohen Kaution sowie die Kosten, die er bereits hatte, wenn er auf die Zwangsräumung verzichte und sie in dem Haus bleiben dürfte.

Ich sollte nun entscheiden, was er machen sollte, das Angebot annehmen oder an uns vermieten.

Meine Antwort war sofort: „Nimm das Angebot an."

Er war wohl ziemlich erleichtert, denn ich schätze ihn so ein, dass er zu seinem Versprechen, an uns zu vermieten, gestanden hätte, zumal wir auch schon einen schriftlichen Mietvertrag hatten.

Jetzt hatten wir ein Problem- keinen Wohnraum.

Wir wohnten mal bei der einer Cousine, mal bei einem Cousin. Dann, da ja mein Junge in die Schule musste, in einer provisorischen Unterkunft, was aber keine Dauerlösung war.

Doch ich gab nicht auf.

Mittlerweile waren die Grenzen offen, der Zustrom groß und Wohnraum so etwas wie ein Lottogewinn.

Mittwochs und samstags durchstöberte ich die Annoncen in der Rheinzeitung, dienstags und freitags die „Such und Find".

Nach Wochen wurde ich tatsächlich fündig.

Richtig teuer mit einer überhöhten Abstandszahlung für Dringelassenes, aber wir hatten eine Wohnung und mein Sohn konnte in der Schule bleiben, die er bereits besuchte.

Das Glück währte nicht lange, denn mein Vermieter-Ex-Ehepaar war sich nicht mehr einig und verkaufte die Wohnung.

Natürlich wurde diese auch mir angeboten, allerdings zu einem Preis den ich nicht bereit und in der Lage war, zu zahlen.

Wieder begann eine Odyssee.

Der Zustrom aus dem Ostblock vergrößerte sich weiter.

Nachdem Leute, die bei den Demos vor wenigen Monaten noch gerufen hatten: „Wir bleiben hier" ihre Arbeit verloren und nun im Westen gute Chancen hatten, vor allem mit einer guten Ausbildung und diese Chancen nutzten, bedeutete das, dass Wohnraum immer knapper wurde.

Diesmal war es schwieriger und mein Junge musste nun doch in eine andere Schule.

Wir fanden ein Einfamilienhaus zur Miete, einen Neubau, ca. 20 Kilometer entfernt.
Der Mietpreis war sehr hoch, aber was soll's.
Glücklicherweise zog eine Freundin, die nun auch aus dem Osten gekommen war, mit ein- Platz war ja genug.
So konnte die Miete geteilt und gut aufgebracht werden.
Später kam dann noch ihre Mutter.
Das war der Anfang vom Ende.
Ich kam immer gut mit älteren Leuten zurecht, aber gewisse Verhaltensnormen waren bei mir ein Muss.
Also hieß es nach weiteren eineinhalb Jahren: Wohnraumsuche.

Es waren mittlerweile knapp drei Jahre seit unserer Übersiedlung vergangen und ich hatte einiges gespart.
Ich hatte einen nicht schlecht bezahlten Job und ging nebenbei am Wochenende kellnern.
Da kam richtig was zusammen.
Mein Sohn war viel mit meinem Bruder unterwegs. Sie waren gemeinsam in einem Wassersportverein und ich sah ihn am Wochenende eher selten.
Deshalb nahm ich diesen Nebenbei-Job an.

Einer meiner Chefs wollte ein Haus kaufen.
Die Verhandlungen waren schon abgeschlossen.
Es war ein Mehrfamilienhaus, in dem zwei Wohnungen leer standen (die Nachfrage war immer noch sehr groß,

aber man hatte aus verkaufstechnischen Gründen diese bisher nicht vermietet).

Wir durften mir eine aussuchen und ich begann sofort zu renovieren.

Nachdem ich ca. 2.000 DM investiert hatte, sagte mir mein Chef, dass er das Haus doch nicht kaufe, er habe eine andere Möglichkeit, auf die er schon sehr lange gewartet hatte und zwei Häuser auf einmal, das war trotz seiner Risikobereitschaft nicht drin.

Schöner Mist!

Was nun? Ich hatte keinen Mietvertrag und schon investiert...

Mein Chef hatte die glorreiche Idee: „Du kaufst das Haus".

Ich?

Das konnte ich mir in diesem Moment gar nicht vorstellen.

Ich hatte zwar in der Kürze der Zeit ganz gut gespart, aber ein Sechs- Familien- Haus?

Mit fremden Leuten?

Na ja, ein so großes Problem, mit anderen Leuten ein größeres Haus zu bewohnen, war das nicht, da ich über dreißig Jahre immer in Mehrfamilienhäusern gewohnt hatte.

Aber als Vermieterin?

Mein Chef fragte meinen Bruder, ob er das nicht mit mir zusammen durchziehen wolle.

Er überlegte, wurde über die steuerlichen Vorteile aufgeklärt und sagte zu.

Auf zur Bank.

Der Makler hatte Beziehungen zu einem ortsansässigen Geldgeber und kassierte neben der Maklercourtage auch noch bei der Vermittlung eines Kredites an uns.

Wir bekamen Kredit, was aus heutiger Sicht ziemlich grenzwertig war.

Wir zogen ein und mein Sohn, der mittlerweile eine weiterführende Schule besuchte, konnte jetzt sogar zu Fuß dorthin.

Zum ersten Mal in meinem Leben befasste ich mich mit Nebenkostenabrechnungen, mit steuerlicher Ansetzung eines Immobilienkredites und all den Dingen, mit denen man als Hausbesitzer zu tun hat.

Ich schlief die ersten Monate sehr schlecht.

Ich hatte immer die Angst im Nacken, ob alle Mieter pünktlich bezahlen, ob somit der Kredit bedient werden kann.

Wir hatten voll finanziert, übler weise sogar mit Disagio (das bedeutet, man nimmt buchtechnisch mehr Geld auf als man eigentlich benötigt, muss natürlich dass, was man mehr aufgenommen aber nie bekommen hat, auch zurückzahlen (man nennt Disagio deshalb auch Auszahlungsverlust), bekommt dadurch einen besseren Zinssatz.).

Besserer Zinssatz? Das waren damals trotz Disagio 9,5 %,
der übliche Zins bei anderen Banken ohne Disagio, wie
ich später- leider zu spät- bemerkte) und natürlich ohne
KFW- Mittel, denn daran verdient ein Geldinstitut nur
eine lächerliche Bearbeitungsgebühr.
Der Geldgeber verdiente sich dumm an uns.
Immerhin, wir wurden immer freundlich gegrüßt, wenn
wir vor Ort waren.
Mittlerweile hatte ich ja auch mein privates Konto und
das Mietkonto dort.
Man meinte, dadurch sei alles viel einfacher....
Die 9,5 % Zins waren übrigens nicht festgeschrieben,
sondern variabel.
Das heißt, wenn am Kapitalmarkt die Zinsen steigen,
würde unsere Belastung entsprechend höher, wenn der
Zins fällt, so fällt auch unser variabler Zins und die
Belastung wird geringer- eigentlich.
Der Zins fiel von da an.
Unsere Belastung wurde nur geringer, wenn ich zur Bank
ging und mich aufregte, dass nichts bei uns gesenkt
wurde.
Von da an ging ich monatlich zur Bank!

Auch später, als bei einem anderen Objekt eine
Zinsfestschreibung auslief und automatisch ein
Prolongationsangebot (Verlängerungsangebot des
Kredites) gemacht wurde, hatte doch tatsächlich ein

Mitarbeiter der Bank einen Zins auf den alten Kreditbetrag und nicht den neuen, geringeren, gerechnet und mir diesen Vorschlag ausgehändigt.

Als ich ihm mitteilte, dass ich nicht gedenke, auf die alte Kredithöhe Zinsen zu zahlen, sondern auf die neue, geringere, da ja nur noch diese zur Disposition stände, hämmerte er wie wild auf seiner Tastatur rum und schien irgendwas (was eigentlich?) im Computer zu suchen.

Er machte einen hilflosen Eindruck und meinte nur, dass das immer so gemacht würde.

Ich war sprachlos (was mir sehr selten passierte).

Es wäre wohl meine Pflicht gewesen, die Staatsanwaltschaft zu informieren.

Ich renovierte also weiter und dazu parkte ich täglich das Auto direkt vorm Haus, vor einer Garage, denn ich hatte ja viel Material aus den Baumärkten herbeizuschaffen.

Die Tage zuvor traf ich immer mal wieder auf den Postzusteller, ein kleines, unscheinbares Männchen, der Flirtversuche startete, die mit jedem Tag heftiger wurden.

Ich fand's ulkig.

Als er mich nun zum wiederholten Male informierte, dass ich besser nicht vor der Garage parken sollte, denn die Eigentümerin sei eine sehr strenge Person, lächelte ich nur.

Einmal war eine Bekannte dabei, die mir half.
Ich hatte ihr schon von dem putzigen Briefträger erzählt.
Sie fand ihn einfach nur nervig.
Er versuchte wieder ein Gespräch anzufangen, indem er
es ja nur gut meinte, mich von meinen Parkplatz zu
vertreiben, da platzte meiner Bekannten die Hutschnur.
Sie klärte ihn auf, dass ich die neue Eigentümerin sei.
Da fiel ihm die Kinnlade runter und sein Verhalten war
ab sofort völlig anders.
Er buckelte direkt vor mir.
Wenn er vorher immer mal versuchte, auf's „DU" zu
kommen (worauf ich absolut nicht einging), war er jetzt
nur noch übertrieben höflich und zurückhaltend.
Da verstehe einer die Männer!

Die Mieter zahlten pünktlich, denn Wohnraum war
immer noch sehr knapp und keiner wollte aus der
Wohnung fliegen.
Nach einigen Monaten schaute ich nur noch sporadisch
aufs Konto.
Ich machte einmal im Quartal Kassensturz. Alles lief.
Manche Interessenten einer Wohnung brachten sogar
Bürgschaften von Angehörigen, nur um eine Wohnung
zu bekommen.
Das waren Zeiten!
Zuerst wurde die Miete brav bezahlt, alles andere kam
später.

Wenige Jahre danach wandelte sich das leider.

Es wurden Wohnungen auf Teufel komm raus gebaut, denn das war eine Superanlage, besonders bei dieser Nachfrage.

Es dauerte keine zwei bis drei Jahre und es gab einen Überschuss, der vielen Eigentümern Sorgen bereitete.

Das Bild wandelte sich- auch hinsichtlich der Zahlungsmoral einiger Mieter.

Jetzt wurde erst mal gelebt, man gönnte sich einiges und wenn noch was übrig war- ach ja, die Miete muss ja auch noch überwiesen werden.

Elf Monate später zogen wir wieder aus.

Ich kaufte ein Einfamilienhaus in einem kleinen Ort, ca. 10 Kilometer entfernt.

Die Finanzierung habe ich der Bank, übrigens der gleichen wie beim ersten Mal, diktiert.

Ich hatte mittlerweile richtig Ahnung und auch schon den einen oder anderen Kreditsucher vermittelt. Dafür gab es sogar Geld, Provision. Allerdings habe ich schnell erfahren, dass man auch bezüglich der Provision Forderungen stellen sollte.

Die Marge ist ziemlich groß.

So hatte ich schnell ein zweites bzw. drittes Standbein.

Ich suchte Nachmieter für meine Wohnung und hatte deshalb inseriert.

Die Nachfrage war sehr groß.

Da die Wohnungen recht klein waren- jeweils drei Zimmer, Küche, Bad mit ca. 50 qm, war es kein Problem, Mieter zu finden, da auch die Mieten entsprechend gering waren.

Eine ehemalige Kollegin, die jetzt als Immobilienmaklerin unterwegs war, fragte mich, ob Sie tätig werden dürfte.

Ich erinnerte mich, dass diese Kollegin mir damals bei meinem Einstieg in die Branche, in der ich mittlerweile arbeitete, immer sehr hilfsbereit zur Seite stand. Also wollte ich ihr jetzt auch helfen.

Sie meinte, sie habe nette Leute als Mieter gefunden und machte den Mietvertrag.

Dann kam die Wahrheit an die Oberfläche: es waren sechs Personen!

Noch mal zur Erinnerung: die Wohnung hat 3 ZKB mit ca. 50 Quadratmetern.

Die Geschäfte der ehemaligen Kollegin liefen wohl nicht so gut.

Es stellte sich heraus, dass sie alles begann, was sich irgendwie als Geldquelle auftat.

Sie tanzte dabei aber auf zu vielen Hochzeiten.

Mittlerweile hatte sie hoch verschuldet Deutschland verlassen.

Unser Mehrfamilienhaus machte mir immer mal wieder Sorgen.

Es war ein Altbau. Dadurch gab es hin und wieder Reparaturarbeiten, die von keiner Versicherung bezahlt wurden.

Aber da es eine einfache Gegend war, mit einfachen Mietern, waren auch meist die Ansprüche einfach.

Meistens. Nicht immer.

Manche meinten, sie müssten trotz schmalem Geldbeutel hohe Ansprüche haben.

Das erinnert mich an den Spruch, den manche an ihrer Tür haben:

„Wir leben weit über unseren Verhältnissen, aber noch weit unter unserem Niveau."

Ich senkte die Mieten, um dauerhafte Mieter zu haben, obwohl das nicht immer ein Segen war.

Es zogen oft Singleleute ein oder Pärchen. Wenn Kinder kamen wurde es schon wieder zu eng. Dadurch kam es trotzallem zu einem regen Wechsel.

Nur die, die besser raus sollten, blieben wie angeklebt.

Vorsorglich hatte ich damals eine „Rechtsschutzversicherung für vermieteten Wohnraum" abgeschlossen.

Ich stand oft vor Gericht.

Selten hatte ich das initiiert.

Das leidliche Thema „Nebenkostenabrechnung" war oft Gegenstand.

Ich hatte diese immer sehr akribisch genau erstellt und pünktlich den Mietern zukommen lassen.

Einer sagte mir einmal, nachdem ich ihn zum Nachrechnen der Nebenkostenabrechnung einen Taschenrechner schenken wollte: „Ich weiß, dass alles richtig ist".
Als ich ihn fragte, warum er es dann sogar auf eine Gerichtverhandlung ankommen lässt, war die Antwort: „Ganz einfach. Bei einer Gerichtsverhandlung kommt es immer zu einem Vergleich. Dann habe ich verdient" (O-Ton Mieter!!!)
Ganz ging die Rechnung dann doch nicht auf, denn es kam zwar zu einem Vergleich, aber das hatte zur Folge, dass er den Anteil, den ich gewonnen habe – und das war der weitaus größere- zahlen musste. Meinen Anteil Gerichtskosten, meinen Anwalt- das blieb jetzt bei ihm hängen. Also, ich glaube das waren damals 70 % Gerichts- und meine Anwaltskosten.
Das hat seine Prozesskostenhilfe nicht übernommen.
Das war dann für ihn ziemlich teuer geworden und ich begegnete ihm sehr freundlich. Ich hatte dann immer ein Grinsen im Gesicht.
Schlimmer war für ihn, dass eine Richterin, eine weibliche Person, ihn so vorgeführt hat.

Zur Erklärung: Es handelte sich bei dem Mieter um einen türkischen Landsmann, um einen Ich-lass-mir-von-einer-Frau-gar-nichts-sagen-Typ.

Das alles muss für ihn eine richtige Watschen gewesen sein.

Jedenfalls war ich in der Folgezeit ganz besonders freundlich zu ihm.

Er zog dann aus.

Sein Verhalten erinnerte ich mich an eine Reportage über den Politessenalltag in Köln.

Diese hatten wegen Überziehung der Parkzeit ein Knöllchen verteilt.

Der Autofahrer kam und sah das gerade noch.

Die Damen blieben, da er nicht sehr höflich war und diese verbal bedrohte, bei der Entscheidung und reagierten ganz souverän. Sie ließen ihn toben und gingen weiter. Daraufhin stieg er auf das Dach seines Autos und sprang immer wieder darauf rum, was zur Folge hatte, dass der dadurch entstandene Schaden ein Vielfaches dessen war, was er als Strafe fürs zu lange Parken zu bezahlen hatte.

Der Reporter fragte ihn ganz irritiert, warum er das getan hätte, denn nun würde finanziell richtig was auf ihn zukommen?!

Er meinte, das wüsste er, aber er kann nicht ertragen, wenn eine Frau ihn maßregelt….

In diese Wohnung zog dann eine Frau, gerade getrennt vom Freund, dringend eine Wohnung suchend, ein.
Wenn jemand direkt einziehen wollte ohne, dass eine dreimonatige Kündigungsfrist bei der alten Wohnung eingehalten werden musste, gingen bei mir meist alle Kronleuchter an.
Das war hier aber kein Problem.
Sie war sehr deprimiert wegen der Trennung und versuchte, die neue Situation als neue Chance zu sehen.
Das gelang ihr nicht.
Kurz danach kam sie mit ihrem Ex wieder zusammen und ich brauchte neue Mieter.

Danach nochmals so ein Fall.
Ich wollte schon ablehnen, da ich Bedenken hatte, dass das gleiche passiert, wie schon erlebt.
Die Interessentin meinte aber, dass das Thema Ex endgültig Vergangenheit sei, da er sich schon anderweitig gebunden habe.
Jetzt musste die Wohnung allerdings allein bezahlt werden und das muss man ja auch erst einmal stemmen, selbst bei einer Warmmiete von lediglich 330,00 Euro.
Also wurde gesucht- jedem Monat nach einer anderen Möglichkeit, die Miete mindern zu können.

Erst als dann ein Gutachter der Mieterin erklärte, dass keine Mängel trotz intensiver Suche zu finden seien, war Ruhe.

Und das im wahrsten Sinne des Wortes- sie zog aus.

Speziell diese Wohnung hatte es in sich.

Die erste Dame, die schon drin wohnte, als wir das Haus übernahmen, war ganz in Ordnung. Eines Tages kam sie zu mir. Ich wohnte damals eine Etage unter ihr, was in diesem Fall ihr Glück war.

Sie hatte sich ausgesperrt.

Sie fragte, ob ich einen Schlüssel hätte.

Ich hatte natürlich keine Schlüssel meiner Mieter, da das der Gesetzgeber ja verbietet.

Das heißt, der Mieter muss zustimmen, das war aber hier nicht der Fall.

Meine Mieterin war völlig verzweifelt.

Es war an einem Freitag, schon nach 20:00 Uhr und sie wollte jetzt nur noch nach einer arbeitsreichen Woche relaxen.

Da fiel mir die Tüte ein, die mir die Voreigentümerin ausgehändigt hatte, als wir das Haus übernahmen.

Neben einigen Garagen- und Kellerschlüsseln waren auch noch einige, die anscheinend nirgendwo hingehörten.

Ich versuchte diese Schlüssel an ihrer Wohnungstür aus.

Erst tat sich nichts. Aber dann, der vorletzte passte.

Sie fiel mir um den Hals bemerkte aber, dass ich ja eigentlich gegen geltendes Recht verstoßen habe.

Na vielen Dank auch.

Sie gab mir dann einen Ersatzschlüssel für den Fall, dass sie sich wieder einmal aussperrt.

Sie zog weg, da sie beruflich sich veränderte.

Das hatte ich sehr bedauert.

Als potentielle Nachmieterin wollte eine ältere Frau mit ihrer jüngeren Tochter einziehen.

Es stellte sich schnell heraus, dass sie gar nicht so alt war, sondern nur so aussah.

Ich hatte mittlerweile viele Jahre Gastronomie hinter mir, denn schon während der Schulzeit und des Studiums war ich in diesem Gewerbe tätig und erkannte sie sofort- die „Alkis".

Ihr Mann war dabei und erzählte, dass sie gerade geschieden seien und er sich aber auch wünscht, dass sie vernünftig unterkommt.

Was sollte ich tun?

Ich kämpfte eine Weile mit mir.

Sie war sehr höflich, aber das kannte ich schon, das sagt gar nichts.

Nach unterschriebenem Mietvertrag hatten schon einige Mieter ihre Höflichkeit schlagartig verloren.

Die Tochter war sehr aufgeschlossen und der Vater bat mich, den beiden eine Chance zu geben.

Ich gab ihnen diese Chance und ich muss sagen, ich habe es zu keiner Zeit bereut.

Sie war die ideale Mieterin.

Sie zahlte pünktlich, ließ sich zur Erledigung der Hausordnung nicht erst auffordern und gab Mängel an mich nicht weiter, weil sie mich nicht unnötig belästigen wollte (was ich wieder nicht so gut fand).

Dieser armen Frau erließ ich jedes Jahr die Nebenkostennachzahlung.

Leider war das Mietverhältnis nicht von langer Dauer, denn die Frau starb ganz plötzlich.

Der Sohn kam aus dem Schwarzwald angefahren, räumte die Wohnung, wollte sich ab dann um seine kleine Schwester kümmern und fragte ganz kleinlaut, ob seine Mama mir noch Geld schuldete.

Darüber habe ich gar nicht erst nachgedacht.

Ich ließ ihn mit den besten Wünschen für die Zukunft ziehen.

Es zogen Russlanddeutsche ein. Sehr saubere, ordentliche Leute.

Ich hatte Bedenken, denn diese Familie bestand aus vier Personen.

Da es sich um das Dachgeschoß handelte, war durch die Schrägen noch weniger Platz.

Sie meinten aber, sie seien beengtes Wohnen gewöhnt und diese Wohnung sei, im Vergleich zu vorher, das wahre Paradies.

Sie richteten sich hübsch ein und ich hatte Hoffnung, dass das von Dauer sein könnte.

Mittlerweile ließen die Mieten am Markt immer weiter nach und schnell hatte die Familie begriffen, dass sie für nur etwas mehr Geld bedeutend komfortabler wohnen konnten.

Jetzt zogen zwei Jungs ein, eine WG.

Das hatte ich bis dahin noch nicht.

Da sich mit der Mietzahlung immer einer auf den anderen verlies, fuhr ich jeden Monat hin und holte diese persönlich ab. Nicht nur hin und wieder, nein- wirklich jeden Monat.

Das war mir aber egal. Hauptsache ich konnte meinen Kredit bedienen.

Schulden waren für mich ein No-Go.

Irgendwann hatten beide feste Freundinnen und zogen aus.

Was dann passierte, war der Hammer.

Es zog eine Frau ein, alleinstehend.

Es ging einige Monate gut, dann war auf einmal auch ein Sohn da, jugendlich.

Von nun an ging's bergab.

Der Sohn war aus der JVA entlassen, die Mutter nahm ihn auf. Er war der Herr im Haus-meinte er.

Sein Lebensstil war aufwendig.

Die Mutter gab ihr Geld an ihn ab, bzw. es wurde ihr abgeprügelt und somit fehlte es zur Zahlung für Miete und dergleichen.

Als ich mir den Sohn gegriffen hatte und paar klare Worte mit ihm wechselte, versuchte er mir klar zu machen, dass ich ihn mal kann...

Ich bekam dann noch mit, dass der Sohn von dem unmittelbaren Nachbar, der seine Jeans aus dem Gaubenfenster heraus trocknen ließ, auf der Straße verfolgt und aufgefordert wurde, die soeben geklaute Jeans doch auszuziehen.

Das war ein Schauspiel!

Der Nachbar hat tatsächlich darauf bestanden, dass die Hose an Ort und Stelle zurück gegeben wurde. Mitten auf der Straße.

In Unterhose und mit eingezogenem Kopf ging er schnell nach Hause zurück.

Als die Mietkündigung endlich durch war- zu dem Zeitpunkt half mir noch meine Rechtsschutzversicherung- war ich richtig froh.

Im Erdgeschoß „übernahmen" wir als Mieter eine Familie. Ein Ehepaar mit drei Kindern.

Die Wohnung war viel zu klein für fünf Personen.

Die Frau war die „Chefin" im Hause. Sie bestimmte, was geschehen und zu bleiben hatte.

Der Makler, der uns das Haus vermittelte, meinte, dass die Familie kurz vor dem Auszug stände. Sie suchten schon länger etwas Größeres.

Die Stadt sollte dabei helfen.

Angeblich standen sie in der „Warteschlange" ganz oben- waren wohl als nächste dran.

Die Stadt hatte allerdings wenig Interesse, speziell diese Familie in ihrem Bestand aufzunehmen.

Jedes Mal, wenn sie nun dran waren, wurde eine Wohnung angeboten, die nicht in Frage kam. Wenn sie ablehnten, mussten sie sich wieder hinten anstellen.

Das ging dann fünf Jahre so.

Im Prinzip war es zunächst kein so großes Problem, denn die Miete kam jeden Monat mehr oder wenig pünktlich.

Die Nebenkostenabrechnungen waren ein Problem.

Die Vor- Eigentümerin hatte den Mietvertrag falsch ausgefertigt.

Sie hatte nur pauschal Betriebskosten mit einer Summe benannt.

Die Betriebskosten waren nicht einzeln aufgeführt.

Das hieß, was nicht namentlich benannt war, musste nicht bezahlt werden.

Merkwürdigerweise wissen Kleingeister so etwas!

Somit kam es, dass eine fünfköpfige Familie keinerlei Müllkosten zu zahlen hatten, obwohl sie diejenigen im Haus waren, die den meisten Müll verursachten.

Als später im Dachgeschoss eine Familie auszog, wollte besagte Mieterin diese Wohnung für ihre heranwachsenden Jungs, da es mit der städtischen Wohnung noch immer nicht geklappt hatte.

Sie meinte, dafür müsste nur Kaltmiete bezahlt werden, denn die Kinder würden unten duschen und leben, in der Hauptwohnung.

Als ich ihr dann vorrechnete, dass auch anteilig Versicherung, Treppenhauslicht, Grundgebühr, Schornsteinfegerkosten,… und natürlich auch die Hausordnung zu bezahlen und erledigen sei, nahm sie Abstand.

Sie zogen nach etwas mehr als fünf Jahren aus.

Fünf Jahre also, wo wir die meisten der Nebenkosten für diese Familie zu bezahlen hatten, wegen eines falsch ausgestellten Mietvertrages.

Ein Jurist sagte dazu einmal:

„Sie hätten ja einen neuen Mietvertrag bei Übernahme des Hauses ausstellen können".

Dieser Witzbold.

Die Familie wollte keinen anderen Mietvertrag unterschreiben, denn dann wären ja Nebenkosten fällig gewesen.

Die Nichtzustimmung zu einem geänderten
Mietvertrages war kein Kündigungsgrund.
Wir mussten also deren Kosten übernehmen!

Es zog ein ganz junges Pärchen ein.
Beide hatten einen Job, aber nur momentan.
Kurz darauf verloren sie diesen und lebten von da ab in
den Tag.
Miete kam keine; sie erklärten es mit der
Arbeitslosigkeit.
Ich sagte, sie könnten doch Mietzuschuss beim Amt
beantragen.
Dazu hatten sie aber keine Lust.
Ich könne das ja für sie erledigen, was ich auch tat.
Allerdings hatten sie nie geforderte Unterlagen
eingereicht. Somit kam es nie zur Zahlung von
Mictzuschuss.
Mein Bruder hatte den Vater des jungen Mannes
ausfindig gemacht.
Ihm war das sehr peinlich. Er hatte den Rückstand
beglichen.
Da weiterhin nicht gezahlt wurde und der Vater sich
nicht in der Lage sah, monatlich die Miete für die jungen
Leute mit zu übernehmen, gingen wir vor Gericht.
Zum Glück zogen die beiden schnell aus.

Mein Bruder zog ein.

Später kam eine Mutter mit Ihrem Sohn, die sich für die eine Dachgeschosswohnung, bei deren Mietern es immer wieder zu Problemen kam, interessierten.

Der junge Mann sollte aber alleine einziehen.

Die Mutter machte einen guten Eindruck. Der Vater war, wie ich später erfuhr, Lehrer.

Ich zeigte die Wohnung vormittags.

Ich sagte ganz klar, dass ich nicht an ihn vermieten werde, da er um diese Uhrzeit eine Alkoholfahne hatte.

Er meinte, er habe tatsächlich ein Problem und wollte dort weg, wo er bis jetzt wohnte, weg von seinen Saufkumpanen.

Diese Ehrlichkeit hatte mich dann umgestimmt.

Das sollte ich noch bereuen.

Zunächst hielt er wohl an seinen Vorsätzen fest.

Einmal traf ich ihn und seine Mutter im Treppenhaus, als ich gerade etwas renovierte, nachdem ich länger von dem Mieter nichts gehört hatte.

Sie erzählten mir, dass sie gerade von einer Gerichtsverhandlung kamen und er noch mal Glück hatte; er hatte Bewährung bekommen. Das Gericht hatte wohl bei der Urteilsfindung eine positive Prognose.

Kurz danach wurde er aber als Täter weiterer Vergehen bzw. Verbrechen ermittelt und er musste eine Haftstrafe antreten.

Was nun?

Diese Situation war mir völlig fremd.

Was wird mit der Wohnung? Schließlich waren Möbel drin…

Ich hatte zunächst Glück im Unglück.

Mit Hilfe seines Anwalts kam für die Zeit des Gefängnisaufenthaltes eine andere Person, deren Betreuer der Anwalt war, in die Wohnung und die Miete wurde über den Anwalt bezahlt.

Es lief alles, wie es laufen musste.

Der eigentliche Mieter war etwas länger in der JVA als das Urteil eigentlich vorgesehen hatte; es muss wohl dort etwas vorgefallen sein.

Ich wollte gar nicht wissen, was da los war.

Jedenfalls wurde er etwas später entlassen, war also wieder da, der Untermieter aber nicht weg.

Wieder eine WG?!

Da muss man sich aber mit den Kosten einig sein.

Bald bekam ich einen Anruf von einem Nachbarn.

„Da hängt so eine komische Leitung aus der Wohnung und führt zum Speicher".

Alles klar.

Das hatte ich schon mal bei der Mieterin, deren Sohn die Jeans geklaut hatte.

Hier wurde der Hausstrom angezapft, Allgemeinstrom geklaut.

Ich bat meinen Bruder, der mittlerweile seit einigen Jahren in dem Haus wohnte, die Polizei zu holen.

Diese schnitten das Kabel ab, nahmen es zur Beweissicherung mit und erklärten meinem Bruder, dass das ein Antragsdelikt sei.

Ich müsste also Anzeige erstatten, was ich auch tat.

Kurz darauf und in der Folgezeit regelmäßig führte ein Kabel aus der Wohnung in den Speicher.

Die Polizei kam nicht mehr.

Der Hauptmieter war nun öfter abwesend.

Er war jetzt häufig in einer größeren Stadt im Ruhrpott.

Er hatte Blut geleckt.

Da macht das Leben Spaß, da ist was los, jeden Tag Party, jeden Tag coole Leute, jeden Tag ich weiß nicht, was.

Er zog aus.

Gekündigt wurde nicht.

Ich bemerkte es, da das Amt auf einmal keine Miete mehr überwies.

Bei einem Telefonat mit einer Mitarbeiterin dort, die so schlecht deutsch sprach, dass sie nicht kapierte, was ich wollte und ich mir zusammenreimen musste, was Sache ist, erfuhr ich von dem Auszug.

Nur der Untermieter war noch da.

Mittlerweile betrugen die Mietschulden über 3.800 €, da waren auch Nebenkostennachzahlungen dabei, zuzüglich geklauter Strom.

Irgendwann wurde ich wegen einer anderen Sache zum Haus gebeten.

Bei dieser Gelegenheit wollte ich mit dem Untermieter sprechen, denn ich hatte erfahren, er ziehe wohl nun auch aus.

Man sollte ja dann eine vernünftige Übergabe der Wohnung machen mit dem ganzen schriftlichen Kram um die abzulesenden Werte.

Ich ging ins Dachgeschoss und siehe da: da hing ein Kabel aus der Wohnung Richtung Speicher.

Das entfernte er natürlich nach Aufforderung und bestätigte, dass er auszieht.

Er hatte kein Verständnis, dass ich nicht verstand, dass er doch Strom benötigt, um sein Handy aufzuladen.

Im Sommer, als auch Strom gestohlen wurde, war das Unverständnis ebenso.

Schließlich war es sehr warm, da muss man doch die Lebensmittel kühlen.

Warum hatte ich das eigentlich nicht kapiert?

Der Umzug sollte am heutigen Tag sein, aber da hatte etwas nicht so ganz geklappt.

Da ich noch einige Zeit im Haus zu tun hatte, traf ich natürlich auch auf andere Mieter.

Als mir einer erzählte, dass besagter Untermieter sich in der Hinsicht geäußert hatte, dass, wenn irgendjemand ihn noch mal beim Stromdiebstahl erwischen würde, er von der Wohnung innen einen Durchbruch zum Speicher machen wollte, damit niemand das provisorisch verlegte Kabel entdecken könnte, sah ich rot.

Auf der Straße kamen gerade zwei junge Männer entlang, geschätzte zwei Meter groß, die ich Ansprach, ob sie mir mal kurz helfen könnten.

Sie waren sehr freundlich und hilfsbereit.

Sie sollten mich schützen beim Rausschmiss eines Mieters.

Sie stimmten zu.

Wir gingen zu dem Mietnomaden und forderten ihn auf, die Wohnung zu verlassen, was er beim Anblick meiner beiden Begleiter auch widerspruchslos tat.

Etwa 2 Stunden später bekam ich einen Anruf des örtlichen Polizeireviers, denn der ehemalige Wohnungsbesetzer hatte mich angezeigt.

Er hatte angegeben, er sei aus der Wohnung geprügelt worden.

Als ich dem Polizeibeamten erklärte, was tatsächlich passiert war, erschien ihm meine Geschichte schlüssiger.

Abends rief der Anwalt des Nichtmieters an und klärte mich auf, dass ich richtig Ärger bekäme, da sein Klient jetzt obdachlos sei.

Wenn er sich nun ein Hotel nähme, könnte ich dafür löhnen.

Im Grunde verstand der Anwalt mich.

Als ich mich zu der Aussage hinreißen ließ, dass solche Leute, die nur auf Kosten der Steuerzahler und

Vermieter lebten, doch in ein Arbeitslager geschickt werden müssten, meinte er:

„Da bin ich völlig Ihrer Meinung. Ihre Worte in die richtigen Gehörgänge und vielen Menschen ginge es bedeutend besser".- Sieh an, sieh an.

Am nächsten Tag ließ ich ihn wieder hinein.
Einen Gerichtsvollzieher zu beauftragen würde zwar kosten und dauern, aber was soll's. Mittlerweile hatte ich ein dickes Fell und eine Menge Galgenhumor.

Die Staatsanwaltschaft bat um Stellungnahme, die ich abgab.
Ca. 6 Wochen später erhielt ich einen Brief mit der Mitteilung, dass das Verfahren gegen mich wegen fehlenden öffentlichen Interesses eingestellt sei.

Der Untermieter ist inzwischen ausgezogen.
Die Wohnung war nun nicht mehr bewohnt aber keineswegs leer.
Der Hauptmieter hatte zwar ein Umzugsauto dabei, nahm aber nur Kühlschrank und Waschmaschine mit.
Für den Rest interessierte er sich nicht, obwohl ganz persönliche Dinge dabei waren, wie ich später feststellte.

Sein Anwalt kam und bestätigte mir, dass nur noch Müll in der Wohnung war und somit dürfte ich diesen entsorgen.

Wäre das, was noch drin stand, nicht als Müll bewertet worden, wäre es meine Aufgabe gewesen, alles einzeln zu fotografieren, zu notieren, wo was gestanden und gelegen hatte, quasi eine genaue Bestandsliste zu erstellen, was wohl Wochen in Anspruch genommen hätte.

Also Glück im Unglück und das im doppelten Sinne, denn der Nachmieter hat sich gegen Erlass von zwei Monatsmieten bereit erklärt, alles zu entsorgen.

Das war ein netter junger Mann.

Eigentlich passte er gar nicht zu dieser Wohnung, denn irgendwie hing an dieser Pech und Schwefel.

Er war ein sehr höflicher, wohlerzogener Bursche.

Bald darauf lernte er eine Frau kennen; sie wurde seine Partnerin. Sie hatte bereits ein Kind und somit war die Wohnung zu klein.

Die darunterliegende Wohnung war die schönste im Haus.

Sie war toprenoviert, auch mit neuem Bad.

Das war bitternötig.

Diese habe ich, nachdem der Mieter bei Nacht und Nebel irgendwie abhanden gekommen war, renovieren müssen.

Meine Erdgeschossmieterin, die mir immer geholfen hatte und es auch heute noch tut, hatte sich strikt geweigert, diese Wohnung gemeinsam mit mir auf Vordermann zu bringen.

Damit hatte sie auch recht.

Ich kaufte mir einen Overall, wie ihn die Kammerjäger tragen, eine Gesichtsmaske und Einmalhandschuhe und nahm mich der Sache an.

Die Folgetage litt ich an Appetitlosigkeit aber ansonsten ging's mir gut. Man ist ja hart im Nehmen.

Die sechzehnmonatealten Teppichbeläge mussten entsorgt werden, denn der Hund des Mieters erleichterte sich in einem speziell dafür vorgesehenen Raum.

Ich riss alles raus und renovierte komplett, da ich einfach nicht wollte, dass ein potentieller Nachmieter auch nur annähernd mit dem Schmutz des ehemaligen Mieters in Berührung käme.

Daraufhin zog eine etwas verpeilte Akademikerin mit einem sehr fetten Kater ein.

Sie übernahm also die Wohnung als Erstbezug nach umfangreicher Renovierung.

Kein halbes Jahr später kam ein Anruf, dass im Bad bei der Dusche der Abfluss verstopft sei. Das fand ich merkwürdig, denn auch das Bad wurde komplett renoviert.

Auch die Abwasserleitungen waren doch neu.

Wie konnten diese nach so kurzer Zeit verstopft sein?

Ich schlug ihr am Telefon vor, mit einem Stampfer eventuelle Verstopfungen zu lösen.

Leider hatte sie keinen Stampfer, also fuhr ich hin.

Es war tatsächlich verstopft.

Mit Zuhilfenahme meines Stampfers kamen mit Seifenschaum verschmierte Katzen- und Menschenhaare zu tage.

Die Mieterin fand's furchtbar ekelig.

Sie tat so, als müsste sie sich gleich übergeben (was ich da alles so über die Jahre aushalten musste!).

Ich erklärte ihr, dass das ihre bzw. die Haare ihres Katers seien, denn alle Leitungen waren ja bei ihrem Einzug neu.

Das nahm sie dann so hin.

Übrigens gab es kurz danach wieder eine erhebliche Verstopfung mit Rückstau im Keller.

Der Abfluss im Waschmaschinenraum nahm seine Aufgabe nicht mehr ernst.

Das fand ich auch wieder merkwürdig, denn sieben Monate zuvor hatte ich sämtliche Abwasserleitungen erneuern lassen.

Ich beauftragte eine Kanalreinigungsfirma, damit diese mit der Kamera die neuen Abwasserleitungen entlang lief.

Es war schnell klar, woran das lag.

Die Tiefbaufirma, die ein reichliches halbes Jahr zuvor neue Leitungen gelegt hatte, hatte einen Anschluss vergessen.

Dieser war blind.

Ein Glück nur, dass es nicht die Leitung war, die von den Toiletten kam...

Ich war ziemlich genervt und bot dem Mitarbeiter der Rohrreinigungsfirma den Kauf dieses Hauses an.

Er lächelte nur müde und meinte, er habe schlechte Erfahrungen.

Nie wieder würde er vermieten.

Dann erzählte er seine Geschichte:

Nach der Trennung von seiner Frau suchte er sich eine kleine Wohnung und vermietete das gerade fertiggestellte Einfamilienhaus (leider gehen beim Bau einige Ehen kaputt).

Die Mieter waren ein Lehrerehepaar.

Der Vermieter erzählte, er habe drei Jahre keine Miete bekommen.

Das löste Unverständnis bei mir aus.

Ich konnte nicht verstehen, dass er so lange still gehalten hatte.

Aber er meinte, er habe an das, was ihm erzählt wurde, immer geglaubt. Es gab ständig neue Geschichten seiner Mieter.

Das kam mir irgendwie bekannt vor.

Ich empfahl, das Schulamt mal aufzusuchen und zu fragen, warum Lehrer so schlecht bezahlt würden, dass eine Mietzahlung anscheinend nicht möglich sei.

Kurz danach bekam er sofort alles nachgezahlt.

Mich würde sehr interessieren, was da hinter den Kulissen abgelaufen war.

Bereits zwei Monate später kam die nächste Verstopfung.

Diesmal ganz übel- Fäkalien.

Als die Abwasserleitungen neu installiert wurden, hatte die Stadt die Anschlüsse ans städtische Netz veranlasst. Die dafür zuständige Firma hatte ein Anschlussrohr, das im Schacht zu lang war nicht abgefräst, wie ich das mit meinem laienhaften Wissen gedacht hätte.

Ein Mieter hatte beobachtet, dass das überstehende Rohr mit Hilfe einer Stahlstange abgeklopft wurde. Die Bruchstellen waren so rau und immer noch teilweise überstehend, das an dieser Stelle alles, was nicht flüssig war (und es ist nun mal nicht alles flüssig, was durch die Toilette geht), hängenblieb und in kürzester Zeit einen Rückstau verursachte.

Ein wirklich heller und menschenfreundlicher Mitarbeiter der Verbandsgemeinde sorgte dafür, dass noch taggleich alles behoben wurde.

Selbst die erneute Rechnung der Kanalreinigungsfirma, von der ich beim nächsten Mal hoffentlich Rabatt als gute Kundin bekomme, wurde übernommen.
Das nenn ich doch mal Service!

Die Akademikerin singt zu unchristlichen Zeiten laut.
Laut- nicht schön.
Meine Erdgeschoßmieterin arbeitet schwer und in Schichten.
Die Arme beschwert sich schon nicht mehr, denn die Akademikerin ist beratungsresistent.
Ich hatte dieser Mieterin einmal mitgeteilt, wann Ruhezeiten einzuhalten sind.
Sie will sich bemühen….
Allerdings hatte sie mir das im letzten Jahr, als ich das Thema bereits angesprochen hatte, auch schon versprochen.
Ich hoffte nur, dass sie mir die anderen Mieter nicht vertreiben würde.
Der nette junge Mann im Dachgeschoß meinte, er sei großer Musikliebhaber. Aber alles zu seiner Zeit und über Geschmack kann man streiten.
Er meinte sehr höflich, dass ihr Gesang sehr gewöhnungsbedürftig sei.
Daran gewöhnen wollte er sich aber lieber nicht.

Ich habe mittlerweile den Eindruck, dass sie die Singerei (sie macht das auch schon mal gegen 04:00 Uhr morgens) als Ventil für irgendetwas braucht.
Leider wäre sie dann, wenn das stimmt, in einem Mehrfamilienhaus völlig falsch.
Die anderen Mieter wollten in Zukunft die Polizei verständigen.

Immer mal wieder schickte sie mir eine SMS mit Beanstandungen.
Nicht immer hatte sie unrecht.
Es gab im Laufe der Jahre mehrere Stürme.
Sie teilte mit, dass es in ihrem Schlafzimmer rein regnet.
Zunächst wunderte ich mich, da sie ja nicht das Dachgeschoß bewohnte.
Dann wurde mir kalt und heiß, denn das könnte ja bedeuten, dass über ihr Land unter und der Dachgeschoßmieter wohl nicht anwesend war, es deshalb nicht bemerkt hatte.
Oje. Ich fuhr sofort hin und klingelte erst mal oben.
Der nette junge Mann war da, hatte aber keinerlei Beanstandungen.
Also ging ich zur Mieterin darunter.
Sie hatte wirklich eine nasse Decke im Schlafzimmer.
Als ich auf den Speicher nachsah, konnte ich erkennen, dass zwischen Ober- und Dachgeschoß ein Defekt war.
Der Sturm hatte die Regenmassen da wohl reingedrückt.

Mittlerweile hatte ich ein ordentliches Netzwerk an Handwerkern.

Meinen Dachdecker konnte ich einfach nicht erreichen.

Das war ja auch kein Wunder bei diesen Wetterkapriolen.

Ich schaute in die gelben Seiten (wie altmodisch)und beauftragte einen, der merkwürdigerweise Zeit hatte.

Wir verabredeten uns vor Ort, er hatte eine Alkoholfahne.

Was nun?

Der Schaden musste dringend behoben werden.

Ich musste wohl oder übel ihn beauftragen.

Ich sagte und zeigte ihm, was defekt war.

Beim nächsten Sturm- gleiches Problem.

Diesmal hatte mein Dachdecker Zeit und reparierte alles ordentlich.

Ich überließ es der Gebäudeversicherung, ob sie von dem ersten Dachdecker ihr Geld zurückforderte.

Die Mieterin meinte, sie wolle nun eine Trockenlegungsfirma beauftragen- auf meine Kosten natürlich.

Das war völlig übertrieben, was ich ihr auch sagte.

Sie war schon in den Geschäftsräumen der Firma und wollte von mir eine verbindliche Aussage, dass ich die Kosten übernehmen würde.

Sie erhielt eine verbindliche Aussage: Sie habe die Kosten zu tragen, wenn sie diesen Auftrag erteilen würde.

Ihre Mutter, eine sehr patente Frau, hielt sich in der Wohnung auf und bat mich, hinzukommen.

Ich packte mein Equipment (ich war seit einigen Jahren auch als Gutachterin tätig und hatte mir einiges angeschafft) ein und fuhr hin.

Es war diesmal nicht ganz so schlimm.

Sie hatte die Fenster geschlossen und die Heizung voll aufgedreht.

Ich maß die Raumfeuchte.

Diese war bedenklich hoch.

Der Mutter erklärte ich, dass wir unbedingt die Heizung abdrehen und die Fenster öffnen sollten, was ich übrigens auch schon der Tochter telefonisch vorschlug, worauf ich nur Geschrei erntete.

Die Mutter ließ mich gewähren.

Im Fünfminutentakt nahm ich Messungen vor; das Raumklima normalisilierte sich immer mehr.

Ihre Mutter rief die Tochter an und teilte ihr den Erfolg mit, aber auch sie wurde nur angeschrien.

Die Mieterin hatte sich tatsächlich ein Trocknungsgerät aufschwatzen lassen.

So eins, wie man es benutzt, wenn über längeren Zeitraum Wasser in Räume eindringt.

Sie meinte, sie habe sich beraten lassen.

Der Verkäufer schien ihr kompetent.

Eine Rechnung dafür bekam ich nicht.

Ich weiß aber, welche Firma ich nicht aufsuchen werde, wenn ich einmal Beratung zur Trocknung von Räumen benötigen sollte.

Zwischendurch wollte mal ein Herr mittleren Alters mit seiner Tochter eine Wohnung beziehen.

Er schaute sich alles an, fand es passend und wir machten den Mietvertrag.

Ungefähr zwei Wochen später, als ich längst weiteren Interessenten abgesagt hatte, teilte er mir mit, dass er die Wohnung doch nicht nimmt, da diese seiner Tochter, einer 15- jährigen Göre, die bei der Besichtigung nicht dabei war, nicht gefiel.

Ich erklärte ihm, dass es hier kein Rücktrittsrecht gäbe.

Er wolle für alles aufkommen, was ich an Kosten und Unannehmlichkeiten hatte.

Das war vor ungefähr 4 Jahren.

Er ist unauffindbar.

Eine ältere Dame wollte einziehen, in die schöne, mittlere Wohnung.

Alles wurde geregelt. Der Mietvertrag war unterschrieben, da bekam sie mit, dass die Dachgeschoßwohnung frei wird. Da wollte sie lieber diese, denn diese war preiswerter wegen der Dachschrägen.

Na okay, dann eben diese, neuer Mietvertrag, alles in trockenen Tüchern.

Dann kam ein Brief mit der Mitteilung, dass sie nicht einziehen könne, da sie dort, wo sie jetzt wohne, einen Job bekommen hätte.

Na gut, ich hatte Verständnis.

Als ich dann aber erfuhr, dass sie vor Ort Arbeit gefunden und nur wenige Straßen entfernt eine Wohnung genommen hatte, verlangte ich die Miete, bis ich einen neuen Mieter hatte bzw. bis ihre Kündigungsfrist erledigt sei.

Sie hielt dagegen und brachte Paragraphen an, die rein gar nichts mit geltendem Mietrecht zu tun hatten.

Es musste also das Gericht bemüht werden und diese machten ihr dann klar, dass sie zahlen musste, was sie auch tat.

Ein weiterer ehemaliger Mieter machte mir eine tolle Rechnung auf:

Ich hatte den Titel über 2.300 Euro.

Er war ewig arbeitslos.

Jetzt wollte er sich selbständig machen und benötigte dazu Startkapital.

Aufgrund des Titels (ich hätte im Nachhinein gar nicht gedacht, dass er nur diesen einen hat) bekam er kein Geld.

Also bat er mich, auf den Titel zu verzichten, so dass er arbeiten, und dann seine Schulden bei mir begleichen könnte.

Als ich hörte, in welcher Branche er sich selbständig machen wollte, verzichtete ich.

Aber auch sonst kann ich nur empfehlen, niemals einen Titel herauszugeben ohne, dass die Schulden bezahlt sind.

Sein „Unternehmensberater" rief mich an und wollte mir nochmals diese Vorgehensweise schmackhaft machen.

Es sei eine totsichere Sache.

Als ich daraufhin ihm vorschlug, wenn das so totsicher ist, dass er doch in Vorlage gehen könne, die Außenstände zahlen und dann von seinem Klienten diese wieder einfordern sollte, hörte ich nie wieder von Beiden.

Über die Erdgeschoßwohnung gibt's wenig zu berichten.

Beim Kauf wohnte eine Spanierin mit zwei fast erwachsenen Kindern drin.

Sie war einfach goldig.

Manchmal trafen wir uns im Trockenraum und unterhielten uns angeregt.

Sie sprach zwar kein Deutsch und ich kein Spanisch, aber wir verstanden uns prima.

Es herrschte immer Ordnung. Sie war ständig mit Lappen oder Besen unterwegs.

Wenn Handwerker im Haus waren, bekochte sie diese.

Leider zog sie nach fast dreißig Jahren aus.

Sie vertrug das Wetter in Deutschland nicht mehr so gut und ging zurück in ihre Heimat.

Nachdem wir das Haus fünf Jahre hatten, wandelten wir in Eigentumswohnungen um, denn eine Mieterin wollte unbedingt ihre Wohnung kaufen.

Auch die Nachbarin, ihre Schwester, hatte solche Pläne.

Blöd nur, dass Grundrisse vom Haus fehlten, denn diese waren für das Verfahren vonnöten.

Ich ging zum Bauamt. Man suchte, fand aber nichts.

Der Beamte dort meinte, dass viele Pläne im Krieg verschollen gegangen seien.

Das Haus war Baujahr 1955.

Ich hatte lange gegrübelt, ob er den Vietnam- oder Koreakrieg meinte.

Ich setze mich hin und zeichnete, nachdem ich zuvor alle Wohnungen vermessen hatte (natürlich noch mit Zollstock, denn die Lasermessgeräte gab es noch nicht) und machte noch Wohn- und Nutzflächenberechnungen und die Berechnung der Kubatur.

So hatte ich nach Aussagen eines Mitarbeiters des Bauamtes etwa 10.000 DM gespart.

Es wurde auch das Grundstück neu vermessen, denn auch alle Garagen wurden separiert. Nachdem alles abgeschlossen war und ich den Obolus beglichen hatte, bat mich die Mieterin, ihr bei der Finanzierung behilflich zu sein, was ich aber gar nicht durfte, da ich Verkäuferin war.

Ich schickte sie zu einem Geldinstitut, dass erfahrungsgemäß alles möglich machte, auch das Unmögliche.

Eine Finanzierung für diese Familie war aber nicht einmal dort möglich.

Die Mieterin, die ernsthafte Kaufinteressentin war, nahm das sehr persönlich.

Ich hatte ja auf diese Weise erfahren, dass sie sich in finanzieller Schieflage befand.

Diese Peinlichkeit wurde jetzt mit Streitigkeiten bekämpft.

Es kam wieder einmal zum Einspruch bezüglich der Nebenkostenabrechnung.

Bei dieser Familie waren tatsächlich die Heizkosten exorbitant hoch, viel höher als der Durchschnitt der anderen Mieter.

Es wurde an der Korrektheit bei der Ablesung durch eine Firma, die die Heizkostenverteiler zur Verfügung gestellt hat, gezweifelt. Die Firma wehrte sich dagegen, denn die Heizkostenverteiler- Röhrchen würden sofort einen Fehler anzeigen, sofern es einen gäbe.
Auch wurden die abgelesenen Werte per Unterschrift durch die Mieter bestätigt; diese lasen mit ab.
An defekten Heizkostenverteilern konnte es also nicht liegen, denn diese hatten bisher keine Fehler gemeldet. Außerdem wurden diese häufiger, als der Gesetzgeber vorschreibt, ausgetauscht.

Andere Mieter und Leute aus der Nachbarschaft berichteten mir, dass sie öfter beobachtet hatten, dass bei eben diesen Mietern mit den hohen Heizkosten, sehr oft und über längere Zeit die Fenster weit geöffnet seien.
Gegen ordentliches Lüften hatte ich noch nie etwas, aber nur das konnte der Grund der hohen Heizkosten sein, denn sie lüfteten ohne Unterlass egal, welches Wetter herrschte, wie niedrig die Temperaturen auch waren.
Die Mieterin daraufhin angesprochen erklärte mir, dass sie und ihr Mann sehr starke Raucher seien und eines ihrer Kinder herzkrank.
Also müsste ich doch begreifen, dass sehr gründlich gelüftet werden müsste.

Das begriff ich schon.

Sie kapierte aber nicht, dass das übermäßige Lüften Heizkosten verursacht, die nicht vergleichbar mit denen der anderen Mieter war (was sie immer wieder tat).

Sie wollte tatsächlich nicht nachzahlen und so kam es zu einer Gerichtsverhandlung- mal wieder.

Ich kannte schon einige Richter und darauf bin ich keineswegs stolz.

Die Richterin, die in diesem Fall den Vorsitz führte, war eine sehr sachliche, patente Frau.

Ich fand sie von allen, die ich kannte, als mittlerweile meine Lieblingsrichterin.

Die Anwälte hatten schon Vorarbeit geleistet, in dem sie die Schriftsätze ans Gericht gegeben hatten und ich hatte den Eindruck, es lief von Anfang an alles in die richtige Richtung. Die Richterin war sehr gut vorbereitet. Es ging schnell und reibungslos.

Meine Mieter wurden zur Zahlung der Nebenkosten verurteilt und somit hatte ich Feinde fürs Leben.

Sie zogen bald darauf aus.

Das heißt, so schnell war ich sie doch nicht los, denn da gab es ja noch eine Verhandlung.

Die Mieter hatten die Wohnung toprenoviert übernommen, hatten keine Auflage, zwischenzeitlich zu renovieren, aber bei Auszug.

Das war völlig gesetzeskonform.

Sie übergaben mir die Wohnung.

Die durchgeführten Malerarbeiten waren eine Frechheit.
Es wurde weit um Schalter und Steckdosen herum
gemalert, man lies großzügig Flächen um die Heizkörper
ungemalert. Man hatte wohl für die ganze Wohnung in
zu wenig Farbe investiert. Auch wurde anscheinend
nichts abgeklebt, denn die Tür- und Fensterrahmen und
Fußböden waren mit Farbe beschmutzt.
Nikotinspuren waren ebenfalls vorhanden, denn der
Rauputz, der ursprünglich weiß war und das auch wieder
werden sollte, hatte gelbliche Schattierungen.
Nicht zu fassen, was mir da als renoviert übergeben
werden sollte.
Ich bat eine Malerfirma um einen Kostenvoranschlag.
Dieser betrug knapp 4.000 DM.
Die Mieter meinten, dass die Wohnung, so wie sie jetzt
sei, völlig in Ordnung ist und außerdem nicht schlechter
aussieht als zu dem Zeitpunkt, als sie einzogen.
Da hatte ich zum Glück Bilder und Zeugen (das machte
ich aufgrund der Erfahrungen mittlerweile immer so).
So kam es also zu der Verhandlung.
Inzwischen waren neue Mieter drin, die selbst renoviert
hatten und auch bezeugen konnten, dass diese
Renovierung mehr als erforderlich war.
Ich hatte also meine Nachmieter, meinen Bruder und
einen Bekannten, der Gutachter war und dem ich die
Wohnung unmittelbar nach Auszug der vorherigen
Mieter gezeigt hatte, als Zeugen benannt und ebenso

eine Mitarbeiterin der Malerfirma, die den Kostenvoranschlag gemacht hatte. Diese waren ja kurz vorher in der Wohnung wegen des Aufmaßes.

Die Gegenseite hatte fünfzehn (!) Zeugen. Diese waren alle bereit zu bestätigen, dass die Wohnung bei Auszug in Ordnung war.

Als während der Verhandlung die Nachmieter bestätigten, dass eine Renovierung faktisch nicht stattgefunden haben kann, bestätigten sämtliche Zeugen der Gegenseite auf einmal (und das nach Jahren), dass die Wohnung bei Einzug diverse Flecke an den Wänden gehabt , ich also gar nicht renoviert übergeben hätte.

Da wurde der Richter richtig wütend.

Er fragte jeden einzelnen Zeugen, wo denn die Flecke bzw. Unreinheiten waren.

Da die Zeugen einzeln vernommen wurden, gab es fünfzehn verschiedene Angaben.

Auch plapperte die Mieterin öfter dazwischen.

Das mögen Richter gar nicht.

Es hat nur der zu sprechen, der dazu aufgefordert wurde. (Bitte nicht an Gerichtssendungen im Fernsehen denken. Was dort gezeigt wird, ist fern jeder Realität).

Als aber die Angaben der Zeugen sich widersprachen, versuchte die Mieterin diese auf Türkisch zu beeinflussen.

Sie wurde wiederholt zur Ordnung gerufen.

Ich musste innerlich schmunzeln, denn ich hatte genug Erfahrung und habe ehrlicherweise es auch ein bisschen forciert, dass die Gegenseite Ärger bekam.

Der Richter befragte zwischendurch auch immer wieder mich zu irgendwelchen Angaben. Einmal nutzte ich die Gelegenheit, der Mieterin, als diese wieder dazwischen sprach, als mir das Wort erteilt war, zu sagen, dass sie aufhören sollte, dass Gericht zu missachten.

Der Richter wurde hellhörig und fragte, was ich damit meinte.

Ich wies einerseits daraufhin, dass ich das Wort und sie dann den Mund zu halten habe und andererseits, dass ich es als Missachtung des Gerichts empfinde, da sie mit einem beschmutzten Kleid erschien.

Sie meinte, sie habe überhaupt kein dreckiges Kleid an.

Das war aber der Fall.

Und so sagte ich zum Richter:

„Sie meint, ihr Kleid sei sauber. Wir sehen aber alle, dass das nicht so ist. Sie behauptet, sie habe die Wohnung renoviert und sauber hinterlassen und wir alle können uns nun vorstellen, wie es tatsächlich ausgesehen hat".

Da wurde sie so laut, dass der Richter, ihr ein Ordnungsgeld auferlegen wollte.

Als ich meine Bedenken dazu äußerte, da sie ja angeblich kein Geld hätte (das hatte sie vorher lang und breit dargelegt) die Nebenkosten nachzuzahlen, hatte der Richter Verständnis und änderte die Geldstrafe in Ordnungshaft um.

Als er sie unmittelbar danach mit scharfer Stimme fragte, was denn nun wahr sei, gab sie zu, dass die Wohnung renoviert übernommen und schlecht renoviert übergeben wurde.

Es kamen also zu der Nachzahlung der Nebenkostenabrechnung aus der vorangegangenen Verhandlung nun auch noch die Renovierungskosten.

Der Richter hielt sich dabei an den Kostenvoranschlag der Malerfirma.

Es waren ca. 5.600 DM, die nun zur Disposition standen und ich dachte: Klasse, hast die Verhandlung gewonnen, das Geld aber siehst du nie.

Es wurde eine Stundung vereinbart, die auch bedient wurde-anfangs.

Dann zogen die Leute aus und meinten anscheinend: aus dem Auge, aus dem Sinn.

Die Zahlungen wurden eingestellt.

Ich hatte einen Titel, der ja bekanntlich dreißig Jahre Gültigkeit hat.

Jahre später kam eine Gesamtzahlung, mit der Bitte, diese sofort zu bestätigen, da die Eintragung in der Schufa gelöscht werden sollte.

Ich teilte mit, dass ja auch noch die Zinsen ausstehen, berechnete diesen Wert, teilte dann mit, was noch ausstand und erhielt eine Woche darauf auch dieses Geld.

Damit hatte ich wirklich nicht gerechnet.

Ich erfuhr später von anderer Seite, dass sie vorhatten, für irgendetwas einen Kredit aufzunehmen, was aber nicht klappte, da zwar die Schufa einen Erledigungsvermerk hatte, aber sichtbar waren die Schulden ja noch.

Sie wurden somit von der Bank als nicht kreditwürdig eingestuft.

Mein Bedauern hielt sich in Grenzen.

Auch Garagen hatte ich rund ums Haus, die immer sehr begehrt waren.

Der erste Fall vor Gericht, betraf eine Garage.

Kurz nach Kauf und Übernahme des Hauses samt Garagen, erhielt ich an einem Freitag von einem Garagenmieter einen Anruf, dass er diese ab darauffolgenden Montag nicht mehr benötigen würde.

Ich belehrte ihn über Kündigungsfristen, die ja drei Monate betrugen.

Das interessierte ihn wenig- montags lag der Gargenschlüssel in meinem Briefkasten.

Daraufhin lernte ich ein Anwaltsehepaar kennen, das mich über fünfundzwanzig Jahre in allen Belangen das Haus betreffend, vertrat.

Der Gargenmieter musste natürlich zahlen bis ich kurz darauf einen Nachmieter hatte.

Manchmal bekam ich Garagenmieten überwiesen, da war mir der Name des Absenders völlig unbekannt.
Ich merkte ja, welcher Name fehlte.
Wenn ich dann dort die Mietsäumigkeit monierte, erfuhr ich, dass weitervermietet wurde ohne, dass man mich vorher in Kenntnis setzte, geschweige denn mir die Chance ließ, einen Mieter für geeignet zu empfinden.

Lustig war mal, als ein Garagenmieter, der zwei Häuser vor unserem wohnte, jedes Mal, wenn er mit seinem Auto knapp auf der Höhe seines Hauses war, wild zu hupen begann. Kurz darauf kam seine Frau aus dem Haus, rannte zur Garage und just in dem Moment, als sie an der Garage war, diese geöffnet hatte, kam der Ehemann und konnte, ohne anhalten zu müssen, direkt hineinfahren.
Ob das so organisiert wurde, weil der Mann auf Grund seiner Körperfülle schwer aus seinem Wagen raus und reinkam, weiß ich nicht.
Ich fand's nur bemerkenswert, wie die Frau doch „funktionierte".

Ein weiterer Garagenmieter, ebenfalls aus der Nachbarschaft, hatte viel unterzustellen, zahlte aber nie.

Er zog innerhalb kurzer Zeit mehrere Male um.

Ich suchte ihn oft, fand ihn immer (eine Mitarbeiterin der Meldestelle des Ortes half mir jedes Mal mit der neuen Adresse aus).

Er versprach zu zahlen, tat es aber tatsächlich nie.

Seine Nichte suchte eine Wohnung und bewarb sich um eine bei mir.

Ich hab sie über das Zahlungsverhalten ihres Onkels aufgeklärt. Sie meinte aber, sie sei da ganz anders.

Als ich ihr sagte, dass ich sie berücksichtigen würde, wenn ihr Onkel endlich mal seine Garagenmiete bezahlen würde (das klingt jetzt wie eine Art Sippenhaftung- ist mir aber egal) hörte ich nie wieder von ihr.

Eigentlich bin ich ein geradliniger, ehrlicher Mensch, aber die Nichte hätte ich niemals einziehen lassen.

Meine Hoffnung war, die ausstehende Miete zu erhalten- hat leider nicht geklappt.

Irgendwann kam der Gerichtsvollzieher mit einem Schlosser und einem Umzugsunternehmen.

Er ließ die Garage öffnen- das Schloss aufbohren, die Garage wurde geräumt, alles, was drin war als nicht aufbewahrungswert eingeschätzt- somit musste nicht eingelagert werden, sondern es wurde alles entsorgt.

Ein neues Schloss wurde eingebaut.

Endlich konnte ich die Garage wieder vermieten.

Diese Garagenräumung war übrigens die letzte Sache, die meine Rechtsschutzversicherung bezahlte.
Danach wurde der Vertrag seitens der Versicherungsgesellschaft wegen Schadenshäufigkeit gekündigt. Das heißt, es wurde mir ein Angebot mit Selbstbeteiligung gemacht.
Das war aber wenig attraktiv.
Wenn man bedenkt, wie teuer eine derartige Absicherung ist und wie lange es dauert, bis es zur Verhandlung kommt und, wenn man gewinnt, dann trotzdem auf den Kosten sitzen bleibt, wenn beim Mieter nichts zu holen ist, verzichtete ich.
Außerdem keimte in mir der Gedanke, zwei bis drei Zweimeterburschen jedes Mal zum Mieteintreiben mitzunehmen.
Die Wirkung ist gigantisch.
Es sollen keinerlei Handgreiflichkeiten stattfinden.
Nein. Die optische Wirkung soll helfen....

Ein älterer Herr wartete schon auf die Garage. Er selbst wohnte einige Kilometer entfernt.
Er meinte, er habe einen Oldtimer, den er sicher abstellen wollte.
Das war für mich eine schlüssige Erklärung.
Seine Gattin kündigte die Garage kurz darauf, denn ihr Mann- wohl dement -hatte so mehr als 20 Garagen angemietet....

Ein weiterer säumiger Garagenmieter wollte den Spies umdrehen.

Ich schrieb ihn an, wegen ausbleibender Miete.

Der Brief kam zurück.

Ich wusste aber noch, dass er und seine Frau ein Haus kaufen wollten, dort fuhr ich hin.

Das Haus war anderweitig veräußert.

Die Mitarbeiterin der Meldestelle half wieder.

Ich schrieb erneut einen Brief und diesmal kam Antwort in merkwürdigem Deutsch.

Er meinte, er zahlte keine Miete mehr, da das Dach der Garage defekt sei und er somit sogar Forderungen an mich habe, da wertvolle Werkzeuge in Mitleidenschaft gezogen seien.

Ich antwortete, dass ich in einem solchen Fall eine Nachricht benötige, um die Chance zu bekommen, den Schaden zeitnah beheben zu können.

Eine angemessene Frist sei erforderlich.

Er meinte, er habe mich mehrere Male aufgefordert und als er daraufhin nichts hörte, die Mietzahlung eingestellt.

Auf einmal hatte er mir Briefkopien zugestellt mit angeblichen Schreiben an mich.

Jetzt hatte ich ihn erwischt:

Er hatte zu einem Zeitpunkt an mich geschrieben, an meine jetzige Adresse, als ich noch gar nicht wusste, dass ich jemals dort wohnen würde, wo ich jetzt wohnte. Es war also ein Fake.
Vor Gericht hatte er keine Chance, denn ich hatte erst dort diesen Joker aus dem Ärmel gezogen.

Hier bekam ich auch keinen Garagenschlüssel; ich bat einen sehr netten, hilfsbereiten Herrn aus dem Nachbarhaus, das Schloss aufzubohren.
Er weigerte sich strikt, was mich wunderte, denn er war immer da, wenn man ihn brauchte. Ich sagte ihm auch, dass mich die Ablehnung irritiere.
Er meinte, er würde mir ja gerne helfen, aber er habe Bedenken.
Wieso das?
Eine Garagennieterin meines Bruders, eine vermeintlich psychisch Kranke, habe ihn auch einmal gebeten, das Garagenschloss aufzubohren, da sie den Schlüssel verloren habe.
Er tat das, er half ja gern.
Kurz danach bekam er eine Anzeige, das Schloss aufgebohrt zu haben ohne Wissen der Mieterin.
Ein Nachbar bestätigte das.
Der hilfsbereite Herr wurde verurteilt unter anderem das Schloss zu bezahlen.
Darum ging es wohl von Anfang an....

Der Gute half mir trotzdem.

Meinem Bruder gehörte die andere Hälfte des Hauses.
Bei ihm wohnte die Mieterin, die psychisch kranke Frau.
Den ganzen Tag lief bei ihr: „Es fährt ein Zug nach
nirgendwo" von Christian Anders.
Ich habe mal das Treppenhaus renoviert, war deshalb
über mehrere Stunden am Stück an mehreren Tagen
dort- es war grausam.
An den Tagen der Renovierung hatte ich nicht nur die
Musik zu ertragen.
Es kamen zwei junge Burschen die Treppen hoch und
besuchten den Dachgeschossmieter meines Bruders.
Als sie ca. 2 Stunden später den Besuch beendeten, kam,
als die Tür oben aufging, ein sehr merkwürdiger Geruch
heraus.
Ich konnte diesen nicht einordnen.
Mir wurde immer komischer zumute. Ich stand auf der
Leiter, fiel dann herunter.
Viele Körperstellen waren mit blauen Flecken übersät.
Als ich das später zu Hause meinem Sohn erzählte, der
mittlerweile Zollbeamter war, meinte dieser, dass das
doch nicht etwa Drogen gewesen seien?!
Jetzt war mir klar, warum ich von der Leiter gefallen war.

Es wohnte auch mal ein Pärchen in einer Wohnung, die meinten, erst mal Geld für alles Unmögliche ausgeben zu müssen, ehe die Miete dran ist.

Es war zu einer Zeit, als, wenn das Amt die Miete übernommen hatte, diese nicht an den Vermieter, sondern an die Mieter auszahlte, natürlich mit der Auflage, diese dann an den Vermieter weiterzugeben.

Das klappte nicht.

Ich hatte interveniert.

Ich erfuhr nach befragen, warum das so geregelt wird, dass Mieter lernen sollten, mit Geld umzugehen.

Was für ein Schwachsinn!

Man stellte das System auch ganz schnell wieder um, denn das Geld, was für Mietzahlungen gedacht war und nicht weitergegeben wurde, konnte man auch verbrennen.

Es handelt sich dabei doch um Hinterziehung?!

Es ist ein Straftatbestand, der von den Behörden (oder dem Gesetzgeber) forciert wurde.

Die Leute hatte ich schnell raus.

Sie zogen ganz in die Nähe.

Die Sachen aus dem Keller, die nicht mitgenommen wurden, lud ich ein und baute sie vor deren Wohnungstür auf.

Ich glaube, die beiden hatten ganz schön zu tun, um in die Wohnung zu kommen.

Bei der nächsten Fuhre wurde traf ich den ehemaligen Mieter an, der vor der Haustür stand und sich mit einer Dame angeregt unterhielt.

Ich lud vor seinen Füssen den Rest ab und bat ihn höflich, auch seine Mietschulden zu begleichen.

Er war nicht sehr begeistert, dass seine Gesprächspartnerin das mitbekam.

Wie sich herausstellte, war das seine neue Vermieterin- er wurde knallrot.

Ich erhielt später einen Anruf seiner Lebensgefährtin mit dem Hinweis, dass sie gedenken, mich wegen Verleumdung anzuzeigen.

Ich klärte diese auf, dass Verleumdung nur dann vorliegt, wenn die Unwahrheit nachgesagt würde. Ich hatte mich aber ausschließlich an die Wahrheit gehalten.

Von den Beiden hörte ich auch nichts mehr.

Als mein Sohn und ich aus dem Haus auszogen, das war 11 Monate nach Bezug- es war ja anfangs nur eine Notlösung für uns, kauften wir ein hübsches Einfamilienhaus, ca. 10 km entfernt.

Das war so ziemlich abseits jeglicher Zivilisation.

Das störte aber weiter nicht.

Wir hatten erst mal mit Renovierungen zu tun.

Das zog sich auch etwas hin, denn wir waren ja Laien.

Da aber ein ordentliches Ergebnis herauskommen sollte, dauerte alles doppelt oder dreimal so lange, wie bei versierten Handwerkern.

Das Ergebnis konnte sich sehen lassen.

Der Arbeitsweg war um einiges länger.

Da ich zu der Zeit aber schon im Außendienst arbeitete und ab Haustüre die Spesen begannen, war mir das relativ egal. Schade nur um die Zeit.

Fünf Jahre wohnten wir dort, als mein Sohn ins Berufsleben eintrat.

Seine Dienststelle war in Koblenz.

Da er 17 Jahre alt war, also noch nicht Auto fuhr, wären die Arbeitswege Tagesreisen geworden.

Er hatte sich schon oft gewünscht, wieder an den Rhein zu ziehen, wo wir anfangs lebten.

Es dauerte nicht lange und wir fanden ein Haus, ziemlich groß, ziemlich teuer.

Das Haus, aus dem wir auszogen, vermieteten wir.

Eine Patchwork- Familie mit 4 Kindern zog ein.

Alles lief gut.

Das Haus wurde gepflegt, auch der Garten. Die Familie fühlte sich wohl und entsprechend gingen sie mit dem Haus um.

Nach ein bis zwei Jahren heirateten die Eltern ganz spontan (sie hatten auch schon zwei gemeinsame Kinder), denn es waren gerade einige Verwandte zu

Besuch, da bot sich das an. Sie hatten immerhin
mehrere Jahre zusammen gelebt.

Kurz darauf kam die Scheidung.

Was war passiert?

Der Ehemann war Kraftfahrer- sehr oft, auch mehrere
Tage am Stück, unterwegs.

Die Frau konnte aufgrund der Kinder nicht arbeiten.

Sie übte aber trotzdem einen Job aus.

Sie verdiente Geld mit Prostitution.

Hätte ich das eher gewusst, hätte ich mit ihr einen
Gewerbemietvertrag vereinbart, mit einer höheren
Miete.

Was bin ich doch für ein Pechvogel!

Dann zogen Freunde der Familie ein.

Sie wohnten auch vorher schon im Ort. Bei deren Haus
wurde angeblich Eigenbedarf angemeldet.

Es lief ca. 3-4 Jahre gut.

Allerdings hatte diese Familie einen sehr schlechten Ruf,
was ich leider zu spät erfahren hatte.

Sie waren vorher Mieter meiner Friseurin.

Sie wusste nicht, dass sie bei mir einzogen, sonst hätte
sie mich gewarnt.

Andererseits war sie froh, dass sie sie los war.

Das mit dem Eigenbedarf war gar nicht wahr.

Zunächst verstand ich das nicht, denn es gab keine
Beanstandungen.

Wie sich herausstellte, hatte diese Familie mehrere Mietstationen im Ort schon durch (merkwürdigerweise wollten sie unbedingt in der damals 300-Seelengemeinde bleiben).

Wir hatten bei der Mietvertragsunterzeichnung auch besprochen, dass sie eventuell das Haus kaufen könnten, was sie gerne wollten.

Nach etwa 4 Jahren war es wohl so weit.

Jetzt kamen immer mal wieder Anrufe, dass irgendetwas repariert oder erneuert werden müsste.

Zunächst meinte der Mieter, das Küchenfenster müsste repariert werden. Es war undicht und es zieht hinein.

Ich ließ es austauschen, denn es war wirklich nicht ganz dicht.

Bei dieser Gelegenheit sollte ich gleich mal das Panoramafenster im Wohnzimmer mit austauschen, denn das war ein feststehendes und man wollte lieber eins zum Kippen.

Das hätte ich damals auch lieber gehabt, aber ich war nicht bereit, ein Fenster, das völlig in Ordnung war, auszutauschen.

Da zwei Terrassentüren zur Lüftung dienten, war das wirklich nicht nötig.

Jetzt hieß es, das Haus sei feucht.

Das konnte ich nicht begreifen, denn als wir Jahre zuvor einzogen und auch während der fünf Jahre, die wir dort wohnten, zeigte das Haus keinerlei Mängel.

Gemeinsam mit meinen Brüdern hatte ich das Haus ringsherum aufgegraben und Drainagerohre verlegt.

Der Mieter stellte einen Liegestuhl auf, setzte sich hinein, schaute uns bei der Arbeit zu und redete eine Menge Unsinn.

Wir allerdings hatten unseren Spaß, denn er benutzte Fremdwörter, die ihm nicht ganz geläufig waren.

Er haute mächtig auf den Putz (was sicherlich nur Geschwätz war, denn eigentlich war er ein unsicherer Typ).

Er behauptete, er habe den Lehrer seines Sohnes mal richtig Bescheid gegeben mit den Worten:

„Wenn Sie weiterhin meinen Sohn so ungerecht behandeln, sorge ich dafür, dass Sie subventioniert werden".

Das Gesicht des Lehrers hätte ich gerne gesehen.....

Die Integration von Ausländern wurde mit Intrigation beschrieben.

Die Inkompetenz mancher Politiker übersetze er mit:

„Die in Berlin sind doch alle impotent".

Mein Bruder fragte daraufhin, woher er das wüsste.

Da schüttelte er nur den Kopf und meinte, ob er denn mit allem zufrieden sei.

Das kommentiere ich jetzt mal nicht....

So ging das den ganzen Vormittag, bis er langweilig wurde und mein Bruder fragte, nachdem der Mieter, der alles andere als ein Heimwerker war, gescheite

Ratschläge zur Durchführung unserer Arbeiten gab, ob
er nicht mit anpacken wolle.
Da war er ganz schnell verschwunden.
Arbeiten lag ihm nicht so.

Die Feuchtigkeit hielt sich nach Aussagen der Mieter.
Ich bat einen Freund, der bereits einige Jahre als
Bauingenieur tätig war, sich das Objekt einmal
anzusehen.
Er betrat es und meinte nach kurzer Zeit, dass es sich
eindeutig um falsches Lüftungsverhalten handelte.
Ein weiterer Freund, von Beruf Gutachter, bestätigte das
etwas später unabhängig von dem ersten.
Das empörte die Mieter sehr.
Ich gewann immer mehr den Eindruck, dass ich, bevor
die Mieter das Haus kaufen wollten, erst mal alles in
deren Sinn renovieren sollte.
Das sagte ich auch frei heraus.
Deren Reaktion bestärkte mich in meiner Vermutung.

Zu dem Kauf kam es nicht, denn der Herr des Hauses
verlor seine Arbeit und die Frau alleine konnte das nicht
stemmen.
Jetzt geschah es, dass die Mietzahlungen immer häufiger
angemahnt werden mussten und natürlich wurden die
Nebenkostenabrechnungen regelmäßig moniert.
Das ganze endete vor Gericht.

Sie wurden zur Zahlung verurteilt.

Es wurde eine Stundung vereinbart.

Solange die Frau arbeiten ging, wurde regelmäßig gezahlt.

Aber auch sie verlor ihren Job.

Im Ort ging das Gerücht um, sie sei beim Klauen erwischt worden.

Der Mieter meinte aber, dass sie aus gesundheitlichen Gründen (Ursache sei das feuchte Haus) nicht arbeiten könne.

Ich hatte durch meine Anwältin die beiden Gutachter als Zeugen benennen lassen.

Meine Lieblingsrichterin urteilte entsprechend.

Sie waren jetzt im Nachbarort untergekommen, denn im gleichen Ort war deren Ruf zu sehr bekannt.

Ich hatte keine Lust mehr auf Mieter und strebte an, das Haus zu verkaufen.

Entscheidend ist immer die Lage. Diese war nicht gerade so erfolgversprechend.

Mehrere Makler hatten sich daran versucht.

Ich hatte zwischenzeitlich das Haus renoviert. Aus mir wurde über die Jahre eine sehr erfahrene Heimwerkerin.

Liebe Freunde aus dem Ort halfen mir.

Besonders die Frau war handwerklich geschickt.

Der Mann kochte und buk Kuchen.

So konnten wir die Zeit gut nutzen und mussten uns nicht mit Futterbeschaffung aufhalten.

Am zweiten oder dritten Tag bekam ich rote Flecke am Hosenbund.

Mein ehemaliger Hausarzt hatte seine Praxis direkt gegenüber.

Ich ging hin.

Er vermutete zunächst, dass ich an einer Gürtelrose erkrankt sei.

Dann nahm er die Lupe und stellte fest, dass es keine Gürtelrose war, sondern Bisse von Katzenflöhen.

Kaum zurück riefen meine Freunde an. Sie teilten mit, dass sie komische rote Flecke hätten, die juckten.

Ich erzählte, was geschehen war.

Sie kamen trotzdem und halfen weiter mit!

Ich beauftragte vorsichtshalber einen Kammerjäger.

Dieser hatte einen weißen Overall an.

Als er mit seiner Arbeit fertig war, hafteten an diesem Millionen von Katzenflöhen.

Beim Auszug der Mieter hatte der „Herr des Hauses" süffisant gegrinst.

An einer Stelle im Arbeitszimmer war ein Riesenfleck an der Wand.

An der rückwärtigen Seite stand die Heizung. Ein Defekt war nicht zu erkennen.

Näher an den Fleck herangetreten, mutmaßte ein Bekannter, dass eventuell eine Katze das Bein gehoben habe….

Der Verkauf des Hauses gestaltete sich als schwierig.
Ein Makler wurde beauftragt und führte auch einige Besichtigungen durch.
Ich musste nicht jedes Mal hin.
Das Haus war ja mittlerweile unbewohnt, und er hatte einen Schlüssel.
Trotzdem bin ich öfter dorthin gefahren, denn dieser Makler ließ grundsätzlich Licht brennen- war ja nicht sein Strom.
Als er dann auch einmal die Tür unverschlossen ließ, kündigte ich fristlos den Vertrag.

Eine Maklerin nahm sich der Sache an, die in dieser Gegend ihr Büro hatte und sich somit sehr gut auskannte und wohl auch Interessenten in ihrer Kartei hatte.
Sehr schnell fand sich eine junge Familie aus dem Nachbarort, die sehr großen Gefallen an der Immobilie fand.
Es passte sehr gut, da auch Kinder da waren und ein großer Garten gewünscht wurde.
Jetzt hieß es, die Finanzierung auf die Beine stellen.
Ich durfte natürlich auch hier nicht behilflich sein.

Ich hatte einen Kollegen, der sich bereit erklärte, aber eigentlich machte ich die ganze Arbeit.

Es konnte dargestellt werden.

Somit stand dem Verkauf nichts mehr im Wege.

Eigentlich.

Dummerweise hatte die Familie kurz vor Unterschrift bei der Bank einen weiteren Kredit aufgenommen (Null-Prozent- Finanzierung. Aber es bleibt ein Kredit).

Die Bank zog ihre Zusage zurück.

Ich fand dann eine Familie, die ebenfalls sehr begeistert war.

Wir gingen am 30.12.2005 zum Notar.

Das war der letzte mögliche Termin, um dieser Familie die Eigenheimzulage zu sichern.

Ab 01.01.2006 wurde diese abgeschafft.

Die Finanzierungsdarstellung war hier auch nicht einfach, denn beide hatten je einen Autokredit und noch irgendeinen anderen.

Da aber beide Eheleute in Lohn und Brot standen und gar nicht so schlecht verdienten und die Mutter des Ehemannes die im nächsten Monat anstehende Auszahlung ihrer Lebensversicherung spendieren wollte, klappte es doch.

Zwei Wochen später sagte die Mutter, dass sie doch nicht bereit sei, ihre Lebensversicherung zu opfern.

Alles brach zusammen.

Diesmal war es besonders problematisch, da ja die notarielle Beurkundung bereits stattgefunden hatte. Eine Rückabwicklung wäre teuer geworden.

Da Notare in ihren Verträge immer explizit aufführen, dass Käufer und Verkäufer gesamtschuldnerisch haften, hätte er die ganzen Kosten, die eigentlich die Käufer zu tragen hatten, von mir verlangen können, wenn diese nicht bereit oder in der Lage waren, es selbst zu übernehmen.

Mir war jetzt alles egal. Ich rannte los und aktivierte alle meine Beziehungen zu Banken.

Ich fand eine.

Der Berater dort wollte aber erst gar nicht so richtig ran, da die Kredite im Raum standen und das Gesamtarrangement mit den Bedingungen der Bank unvereinbar war.

Folgender Vorschlag wurde gemacht:

Der Kaufpreis wurde um 40.000 € höher gesetzt. Mit diesem Betrag wurden die Kredite abgelöst.

Das heißt, die Bank hat gerade mal den Beleihungswert erheblich erhöht.

Das erinnert doch irgendwie an das Platzen der Immobilienblase in Amerika.

Somit wurde alles geregelt.

Später, nachdem die Bank ausgezahlt hatte (mit einem halben Jahr Verspätung), gingen die Käufer nochmals

zum Notar, reduzierten wieder und bekamen so einen
Teil der für 40.000 € zu viel gezahlten
Grunderwerbsteuer zurück.
Ich gebe zu, das war mein Einfall.
Rechnerisch war ja alles richtig, auch steuerlich gesehen.
Was die Bank aber da gemacht hatte, bestärkte meine
Meinung, die ich mittlerweile über Banken hatte, immer
mehr.

Wir wohnten nun schon einige Jahre direkt am Rhein.
Mein Sohn war erwachsen und sah sich immer häufiger
nach etwas Eigenem um.
Wir wohnten in einem Haus mit 227 qm Wohnfläche.
Wenn er ausziehen würde, wäre das alles für mich zu
groß.
Ziemlich sinnlos, wenn man bedenkt, dass ja alles in
Ordnung gehalten und beheizt werden musste.
Ich suchte jetzt nichts anderes für mich- Wohnraum gab
es inzwischen genug- sondern ich versuchte, nach elf
Jahren erst mal das Haus zu veräußern.
Ich inserierte in der regionalen Tageszeitung.
Die Reaktion war enorm.
Jetzt zahlte sich die sehr gute Lage aus, obwohl das Haus
sehr speziell war.
Einfach würde es also nicht werden.
Es war sehr viel Wohnfläche mit wenig Grundstück und
das auch noch in Hanglage.

Das Haus selbst eignete sich für eine Großfamilie (aber könnten diese sich das leisten?).

Es käme auch eine Familie in Frage, die ein Elternteil bei sich haben wollte oder müsste.

Allerdings sollte die ältere Person sehr fit sein.

Mal aus dem Haus, um spazieren zu gehen, war durch die starke Hanglage schwer zu bewältigen.

In diesem Zusammenhang erinnere ich mich an eine Situation, in der ich von unten (das heißt vom Rhein) zu Fuß nach Hause lief. Als ich die Tür aufschloss, hörte ich das Telefon. Ich war so kaputt von dem Aufstieg, dass die Anruferin ganz besorgt einen Arzt anrufen wollte....

Ich führte, nachdem etliche Interessenten aufgrund der Annonce sich gemeldet hatten, Besichtigungen durch.

Ein Ehepaar mit zwei erwachsenen Töchtern hatte starkes Interesse.

Die Frau hatte sich sofort in das Haus, die Lage und vor allem den gigantischen Blick über den Rhein, verliebt.

Ihr Mann war nicht abgeneigt, ging die Sache aber eher rational an.

Er zockte.

Ich machte ihm klar, dass der Preis steht.

Er meinte, nachdem von mir schon Bauunterlagen ausgehändigt worden waren, dass mit der Wohnflächenberechnung etwas nicht stimmte.

Dass aber ein darin enthaltener Fehler, der ca. 7 qm ausmachte, eine Reduzierung von 35.000 € zur Folge haben sollte, sah ich nicht ein.

Wir hörten ca. 2-3 Wochen nichts mehr von diesen Leuten.

Dann rief die Frau an und fragte, ob nochmals eine Besichtigung mit den Töchtern stattfinden könnte.

Ich sagte mit dem Hinweis zu, dass preislich kein Spielraum sei.

Sie meinte, der Preis sei in Ordnung.

Die Töchter fanden das Haus auch gut, zumal diese im Souterrain ihr eigenes Reich gehabt hätten.

Deren Aufgabe war es jetzt, ihren Vater zu umgarnen und zu bitten, dem Kauf doch zuzustimmen.

Er kam nochmals und fand tausend Gründe, warum sein Preis richtig sei und nicht meiner.

Ich sagte dieser Familie ab, denn ich war in der komfortablen Situation, nicht verkaufen zu müssen.

Es meldete sich auch eine Maklerin, die den Verkauf gerne übernehmen wollte.

Das war mir auch recht.

Immer mal wieder schleuste sie Leute durchs Haus.

Dann hörte ich lange nichts von ihr.

Ungefähr ein halbes Jahr später meldete sie sich und es war innerhalb einer Woche verkauft.

Der Käufer war ein älterer Herr, der sein Vermögen einer Bank anvertraut hatte.

Diese hatten ihm Aktien als sichere Anlage verkauft.

Es handelte sich dabei um Lehman-Brother-Aktien!!! Es wurde von Wertbeständigkeit und guter Rendite gesprochen.

Er verlor sehr viel Geld.

Es gab da wohl noch eine rechtliche Auseinandersetzung. Wie diese ausgegangen war, drang nicht zu mir durch.

Er hatte trotz alledem noch einiges an Vermögen, das er, da er kein Vertrauen zu irgendwelchen Banken mehr hatte, zu Hause lagerte.

Da er in Italien überwintern wollte, musste das Geld angelegt werden.

So wurde ich zur Siegerin der Finanzkrise von 2008.

Mit dem Mehrfamilienhaus lief alles ganz kläglich.

Im Grunde war das unser Steuerparadies.

Das war aber das einzig Positive.

Immer wieder kam es zu unnötigen Diskussionen mit manchen Mietern.

Einer zum Beispiel hatte auch eine Garage angemietet.

Die Garagen hatten einen eigenen Stromzähler. Dieser wurde wegen Geringfügigkeit mit dem Treppenhauslichtzähler zusammengefasst.

Der Mieter hatte ja recht, dass das nicht ganz in Ordnung war. Aber er meinte, er zahle für die anderen mit.

Wie er das meinte, weiß ich bis heute nicht, schließlich nutzte er doch ebenfalls eine Garage?!

Leider verstand ich seine Interventionen nicht, da er eine so schlechte Rechtschreibung hatte, dass sein Geschreibsel nur Fragezeichen in meinem Kopf hervorriefen.

Leider kann er auch nicht rechnen, denn er hat jedes Jahr von der Nebenkostenabrechnung- sein Anteil am Treppenhauslicht betrug ca. 55,00 €- 40,00 € (!) einbehalten für den Garagenzähler, dessen Strom er mitbenutzte.

(Das war übrigens derjenige, der bezüglich der Garage (Aufbohren durch den netten Nachbarn) vor Gericht die Falschaussage gemacht hatte….)

Andere Mieter, die Grund zur Beschwerde hätten, sagten dazu nichts.

Meine Überlegung war als Folge dazu, den Strom in den Garagen ganz zu kappen.

Die lieben Freunde, die mir bei der Renovierung des Hauses in dem wir 5 Jahre wohnten, geholfen hatten, waren es trotz der größeren Entfernung immer geblieben.

Allerdings ist der Ehemann meiner Freundin verstorben und ihr das Haus nun auch zu groß.

Außerdem wollte sie in ihre Heimat zurück und bat mich, ihr beim Verkauf des Hauses behilflich zu sein.

Das war nicht einfach.

Der erfolgreiche Verkauf hängt in großem Maße von der Lage ab und das war das Problem.

Dieser kleine Ort war etwas für Personen, die dort schon immer zu Hause waren oder in der Nähe wohnen und den eher aufgrund der Lage günstigen Preis für sich nutzen und einen längeren Fahrweg zur Arbeit in Kauf nehmen wollten.

Trotz intensiver Bemühungen blieb der rasche Verkauf erfolglos.

Meine Freundin hatte im Pott ein Haus gekauft und war nun auf das Geld angewiesen.

Aus diesem Grund entschied sie sich, es mit einer Vermietung zu probieren.

Dafür meldeten sich genau drei Interessenten.

Eine ausländische Familie, die unbedingt das Haus mieten und, wenn es ihnen dort gefällt, auch kaufen wollten, eine WG mit einer Menge von Leuten, was aber nicht in Frage kam und eine deutsche Familie, die sich ständig wiedersprachen, als nach festem Arbeitsplatz und dergleichen gefragt wurde.

Meine Freundin entschied sich für die ausländische Familie.

Schlechte Entscheidung!

Sie wollten unbedingt kaufen gaben aber bereits nach einer Woche bekannt, dass das momentan nicht möglich sei, da beide eine eidesstattliche Versicherung abgegeben hatten.

Bei der Erstellung des Mietvertrages wurde aufgrund des schwierigen Nachnamens nach der Nationalität gefragt.

Der Ehemann meinte, er sei Türke.

Er litt meiner Meinung nach, wie sich sehr schnell herausstellte, an Pseudologia Phantastica- krankhaftes Lügen.

Er war Tunesier. Warum er das verschwieg, ist schleierhaft. Ob er sich schämte?

Meine Freundin hätte nie aufgrund einer Nationalität ihre Entscheidung getroffen.

Sie war und ist sehr sozial eingestellt.

Das Haus wurde in kurzer Zeit sehr abgewohnt.

Meine Freundin ist eine 1a- Handwerkerin und übergab das Haus in entsprechendem Zustand.

Es war unter anderem schriftlich vereinbart, dass die Mieter der Vermieterin 2-3-mal im Jahr ein Kellerraum mit angrenzendem Sanitärraum zur Verfügung stellen müssten, wenn diese sich dort in der Nähe aufhält.

Kein Problem für die Mieter, da das Haus sehr groß war, bzw. es sich um ein Zweifamilienhaus handelte, was vollständig angemietet war.

Die Eigentümerin nahm diese Vereinbarung aber nie in Anspruch, was ja auch nicht geklappt hätte, da die Mieterin auf fremden Namen in dem Kellerraum ein Gewerbe betrieb.

Auch wollte meine Freundin sich einmal jährlich das Haus ansehen, natürlich nach vorheriger Terminabsprache.

Bereits bei der ersten Besichtigung nach ungefähr einem Jahr Mietzeit war die Vermieterin empört über den Zustand.

Es war ganz offensichtlich, wie sehr ein Haus kaputtrenoviert werden kann, wenn der „Handwerker" keiner ist.

Der Mieter meinte bei Bezug, dass er gerne verschiedene Arbeiten ausführen würde, holte sich dafür die Erlaubnis der Vermieterin.

Bei Bezug erließ sie ihnen die ersten beiden Monate Miete und senkte diese außerdem dauerhaft um 60 €, da der Mieter ihr glaubhaft versicherte, dass er ein guter Heimwerker sei.

Lachhaft, wenn es nicht so traurig wäre, was er da angestellt hat.

Dass zum Beispiel in sehr schlechter Qualität tapeziert wurde, ist ja nicht weiter schlimm, da ein Nachfolgemieter oder Käufer eh renovieren würde.
Nein. Bereits bei der ersten Besichtigung waren Türblätter kaputt.
Der Clou war die Hauseingangstür. Diese bestand aus mehreren kleinen Scheiben.
Eine war zerbrochen.
Ich forderte sie schriftlich auf, diese reparieren zu lassen. Das hatte ich genau so formuliert (bitte nicht selber renovieren war damit gemeint).
Der Mieter reparierte aber selber.
Dabei ließ er die Scherben drin und hat davor und dahinter eine Scheibe eingesetzt.
Als ich ihm sagte, dass er gefälligst das neu machen lassen sollte, meinte er, ich sei ihm gegenüber respektlos.
Da war er bei mir an der richtigen Adresse.
Tja. Respekt muss man sich verdienen!
Sie hatten zwar Kaution bezahlt, aber es stellte sich schnell heraus, dass diese nicht ausreichen würde, um alles wieder in den ursächlichen Zustand zu versetzen.

Nun sollte doch verkauft werden.
Die Besichtigungen gestalteten sich schwierig.
Allein eine Terminfindung war kompliziert. Schnell hatte ich aber die Sache im Griff.

Ich nannte drei Daten und wusste mit der Zeit, dass immer dem letzten zugestimmt wurde. Also wurde der letzte genannt, als der, der es sein sollte.

Ein Verkauf sollte generell verhindert werden, denn die Mieter wollten ja selber kaufen.

Mehrere Male klärte ich sie auf, dass keine Bank ihnen einen Kredit gewähren würde.

Später erfuhr ich, dass der Mieter bereits rumerzählt hatte, er wäre Hausbesitzer (was ja stimmt. Als Mieter ist man Besitzer, aber nicht Eigentümer).

Jetzt war es natürlich peinlich, ausziehen zu müssen.

Ich denke aber, irgendeine Geschichte ist ihm schon eingefallen…..- diesem Aufschneider.

Da die Mieter nicht ausziehen wollten, wurde während der Besichtigungen das Haus regelmäßig schlecht gemacht.

Ich musste mit Konsequenzen drohten, damit das eingestellt wurde.

Zu einer Familie passte das Haus sehr gut.

Sie wohnten und arbeiteten in der Nähe, kannten sich in der Region gut aus und konnten, da eine Einliegerwohnung vorhanden war, den kranken Opa unterbringen.

Alles passte und gefiel allen Beteiligten. Somit war die Entscheidung schnell gefallen- für das Haus.

Die Finanzierung stand und war unterschrieben. Diesmal durfte ich ja helfen.

Das mache ich übrigens sehr gerne, wenn ich selbst ein Haus vermittle, da ich so die Übersicht habe, über die Möglichkeit bzw. Machbarkeit.

Einen Abend vor dem Notartermin rief der potentielle Käufer beim Mieter an, um noch Details zu deren Auszug zu besprechen.

Der Mieter teilte mit, dass er nicht gedenke, auszuziehen.

Dumm nur, dass ebenfalls am nächsten Tag die Kaufinteressenten ihr bis dahin im Besitz befindliches Haus verkaufen wollten.

Sie konnten das irgendwie für sich regeln.

Der Verkauf des Hauses meiner Freundin fand natürlich nicht statt und würde auch nicht funktionieren, solange diese Leute dort wohnten.

Wir machten uns nun Gedanken, wie wir das Problem lösen könnten.

Sie wurden mit Geld gelockt.

Über die Jahre hatte ich den Eindruck bekommen, dass beim Thema Geld bei den Mietern das Gehirn völlig aussetzte.

Gute Voraussetzungen also, sie herauszubekommen.

Somit formulierte ich eine Vereinbarung.

Der Mieter sprang sofort darauf an.

Im Gegenzug sollte eine Mietvertragsaufhebung unterschrieben werden.

Immerhin wurde angeboten, für 5 Jahre Mietzeit mit traumhaft geringer Miete und einem unmöglich renoviertem Haus 5.000 € zu zahlen!

Doch dann sagte er kurzfristig den Termin ab.

Im Gegenzug kam ein Brief vom Mieterbund mit einer Forderung von 8.000 €, zahlbar sofort und Auszug in dem Zustand, in dem sich das Haus dann befindet.

Ich dachte immer, wenn man beim Mieterbund arbeitet und befugt ist, Briefe schreiben, müsse man einen bestimmten Grad an Intelligenz besitzen.

Wieder wurde ich bestärkt in meiner Meinung, dass der Mieter wohl ganz erheblich mit Pseudologia Phantastica zu tun und die Mitarbeiter des Mieterbundes mit unwahren Geschichten ausgestattet hatte, es somit zu den Ausführungen des Mieterbundes kam.

Man einigte sich auf 6.500 €, zahlbar die Hälfte bei Vertragsaufhebung, die andere Hälfte bei ordnungsgemäßer Übergabe des Hauses.

Natürlich wurde nur die erste Hälfte fällig.

Auch spätere Versuche, die zweite Hälfte zu bekommen, wurde mit einer Menge unrichtiger Aussagen gegenüber Mitarbeitern des Mieterbundes untermauert.

Wir hielten dagegen- mit Wahrheiten.

Wir haben lange nichts mehr gehört.

Jetzt konnten endlich Besichtigungen enger getaktet durchgeführt werden.

Das war sehr hilfreich.

Ein junges Pärchen war sehr interessiert.

Sie hatten seinen Vater dabei, der Handwerker war.

So eine Vorgehensweise kann ich nur befürworten. Die jungen Leute fühlten sich sicherer.

Auch eventuell später sichtbar werdende Mängel können dann nicht als schon vorher vorhanden aber absichtlich verschwiegen dargestellt werden.

Der Handwerker hätte es bemerkt.

Allerdings war in diesem Falle der Vater deplatziert.

Ganz schnell bemerkte ich, dass er wohl meinte ich hätte ausschließlich vom Verkauf Ahnung aber keineswegs von Bausubstanz.

Er machte das Haus schlecht, wo er nur konnte und machte Rechnungen für nötige Renovierungen auf, die mit viel zu hohen Preisen unterlegt wurden.

Meine Freundin hatte bei der Preisfindung schon Renovierungen mit berücksichtigt. Der Preis war in Ordnung.

Der Vater ließ sich nicht beirren, er wollte für seine Kinder einen viel geringeren Kaufpreis erzielen.

Da er da erheblich übertrieb, sagte ich ihm ab.

Das wollte er überhaupt nicht, denn Sohn und Schwiegertochter hatten bei einer weiteren Besichtigung klare Kaufsignale gesetzt. Sie bauten gedanklich schon um und richteten ein.

Auch ließ der Vater bei dieser Besichtigung eine Bemerkung fallen in die Richtung gehend, dass sie ein bereits besichtigtes und für gut empfundenes Haus in einer naheliegenden Gemeinde hätten nehmen sollen. Anscheinend sollte der Preis auch hier weit runtergehandelt werden, dass die Verkäufer lieber Abstand nahmen.

Jetzt machte er ein höheres Angebot.

Da ich von einem anderen Paar nun eine feste Zusage hatte, konnte ich zum Glück absagen.

Der Herr hatte so übertrieben mit seinen Verhandlungen, dass ich nun einfach aus Prinzip nicht wollte, dass er das Haus erhält.

Um die jungen Leute tat es mir schon leid, aber das konnte ich nicht ändern.

Der Vater hatte bei den Besichtigungen auch immer wieder Preise in den Raum geworfen, was diese und jene Renovierungen kosten würden.

Ich meinte daraufhin, dass ich, da ich mittlerweile über ein riesiges Netzwerk an Handwerkern verfügte, Firmen vermitteln könnte, die akzeptable und nicht überzogene Preise bieten, wie es in seinem Falle war. Natürlich war mir klar, dass er diese nur nannte, um den Kaufpreis so erheblich mindern zu können- meinte er.

Er teilte mit, er sei Handwerker und kenne die Preise gut.

Natürlich würde ich seine Firma in mein Netzwerk niemals aufnehmen.

Ob er das richtig verstanden hatte, weiß ich nicht.

Eine nettere ältere Dame bat mich mal, ihr bei der Vermietung einer Wohnung in ihrem Zweifamilienhaus behilflich zu sein.

Das Haus hatte eine gute Lage nahe Koblenz und die Wohnung einen sehr guten Zuschnitt.

Es gab einen Balkon mit unverbaubarer Sicht, die Raumaufteilung war optimal.

Trotz allem war es schwer geeignete Mieter zu finden, obwohl die Mietforderung moderat war.

Ein potentieller Mieter war auf ein Auto angewiesen, denn es gab keine Infrastruktur im Ort.

Also fielen ältere Menschen, die nicht mehr Auto fuhren schon heraus, auch Familien mit nur einem PKW.

Es interessierte sich eine junge Dame, ohne Führerschein, dafür und wollte nach Besichtigung am liebsten direkt einziehen.

Merkwürdigerweise meinte sie, als wir ihr sagten, ein kleiner Raum könne entweder Gäste-WC oder Waschmaschinenraum werden, dass sie keine Waschmaschine habe und bräuchte, da sie die Wäsche zu ihrer Oma bringen würde. Als ich fragte, was geschieht, wenn ihre Oma nicht mehr in der Lage ist, ihr die Wäsche zu machen, meinte sie, dass dann eine andere Lösung her müsse. Sie aber würde das selber nicht tun.

Das war eine von mehreren Aussagen, die mich immer wieder aufhorchen ließen.

Ich hatte sie von ihrer jetzigen Wohnung abgeholt.

Meine Bedenken, dass sehr wenige Busse am Tag zu ihrer Arbeitsstätte fahren, ignorierte sie.

Als ich fragte, wieso sie ihre derzeitige Wohnung aufgeben wollte, die ja auch einen Ort näher an ihrem Arbeitsort lag, begründete sie mit der Lautstärke. Sie brauchte Ruhe, absolute Ruhe.

Das wunderte mich, denn da, wo sie jetzt wohnte, herrschte Ruhe.

Es gab daraufhin eine Tirade über ihren Vermieter, der ebenfalls in dem Haus wohnte.

Das tat sie so nicht endend wollend und laut, dass ich ihr direkt absagen wollte.

Mir tat die Vermieterin leid für den Fall, dass die Interessentin sich ihr gegenüber auch so ausfallend benehmen würde.

Vorsichtshalber hatte ich eine Schufaauskunft verlangt.

Da die junge Frau nicht wusste, wie man so etwas beantragt, half ich ihr dabei.

Die Auskunft kam nie.

Immer wieder rief sie an und fragte, wann sie denn einziehen könnte. Jedes Mal sagte ich ihr, dass ich in die Schufa schauen wollte.

Sie schrie durch's Telefon, dass sie heute unbedingt einziehen müsste, da ihr Vermieter sie verbal misshandelte.

Sie gab so viel wirres Zeug von sich, das ich nochmals endgültig absagte.

Ein junger Mann zog dann ein.

Er war Handwerker und meinte, er wolle sich die Wohnung hübsch herrichten.

Er sei gerade aus einer langjährigen Beziehung ausgestiegen und sah das als Neuanfang.

Die Vermieterin erkundigte sich vor Mietvertragsunterzeichnung nach Haustieren. Da sie an einer Allergie litt war sie froh, dass der Interessent keine Haustiere hatte und auch keine

wollte, da er beruflich sehr viel unterwegs sei und gar keine Zeit hätte, sich um Tiere zu kümmern. Sehr vernünftig.

Dumm nur, dass kurz darauf seine neue Partnerin mit einzog.

Sie hatte eine Katze.

Diese Situation war für die Vermieterin nicht schön, aber nicht änderbar.

Das ganze Verhältnis litt darunter- nicht nur wegen der Katze.

Die Freundin des Mieters verlangte vehement, in den Mietvertrag namentlich mit aufgenommen zu werden. Sie formulierte sogar einen neuen selber und wollte darin der Vermieterin einige Aufgaben auferlegen. Ganz schön anmaßend!

Zum Beispiel erschien in dem Entwurf der Satz, dass die Vermieterin ihr zu gestatten habe, die Katze über den Balkon durch eine Leiter von der oberen Etage zur Wohnung der Vermieterin bzw. in deren Garten herablaufen zu lassen.

Die Vermieterin rief mich ganz aufgeregt an und bat um Hilfe.

In einem Brief an die Freundin des Mieters machte ich ihr klar, dass sie gar nichts zu verlangen habe, was in diese Richtung geht.

Die Miete wurde jeden Tag einige Tage später überwiesen, so dass bald eine Miete säumig wurde. Immer wieder musste ich die pünktliche Miete anmahnen.

Es kam kurz darauf eine fristlose (!) Kündigung mit der Begründung, dass die Katze missachtet würde (was aus bekannten Gründen auch stimmte) und die Dame nicht in den Mietvertrag aufgenommen würde.

In meinem Antwortschreiben teilte ich mit, dass das keine Gründe für eine fristlose Kündigung sei.

Sie meinten aber, sie hätten juristische Hilfe in Anspruch genommen.

Ein Anwaltsschreiben erreichte die Vermieterin aber nie.

Meine Empfehlung war, nachdem ich einige Mahnschreiben bezüglich ausstehender Miete geschickt hatte, ein Mahnbescheid zu schicken, was die Vermieterin auch tat.

Die Antwort darauf war nicht eine Zahlung sondern vier ordentlich drapierte Mäuse im Keller.

Sie tauschte die Schlösser aus, seitdem ist Ruhe.

Eine weitere Kundin, die ich etwas dreißig Jahre in Sachen Versicherungen betreute, rief mich eines Tages aufgeregt an.

Sie hatte ein Haus, das sie einst mit ihrem verstorbenen Mann als Kapitalanlage gebaut hatte, vor neuneinhalb Jahren verkauft.

Das Haus kannte ich gut. Ich hatte es versichert. Die Kundin hatte mich einmal zu einer Mieterin geschickt, die auch eine Versicherung brauchte.

Der Verstorbene Mann der Kundin war Handwerker, ein sehr guter. Er war in seiner Arbeit so akribisch, dass er manchmal schon belächelt wurde.

In einem entsprechenden Zustand befand sich das Haus.

Die Käufer hatten das auch bei Kauf geäußert.

Jetzt, nach fast zehn Jahren, bekam meine Kundin einen Brief vom Anwalt der Käufer mit einer Mängelliste. Es wurden 10.000 € gefordert.

Die Mängel hätten mutmaßlich bei Verkauf schon bestanden, wurden aber wissentlich verschwiegen.

Das konnte ich mir gar nicht denken, denn das Haus war immer in einwandfreiem Zustand. Wären Reparaturen erforderlich gewesen, so hätte der mein Kunde diese sofort beseitigt.

Zum Glück hatte ich den Rechtsschutzvertrag der Kundin im Laufe der Jahre nie verändert, denn die alten Bedingungen hatten noch eine Klausel, die ihr jetzt half.

Es kam zur Ortsbesichtigung.

Die Gegenseite hatte einen Gutachter beauftragt.

Dieser wurde, je länger er auf Sachen aufmerksam gemacht wurde, die nun wirklich keinen Mangel darstellten, immer wütender.

Sein Gutachten fiel entsprechend aus.

Die Käufer hatten nun beide Anwälte, die Gerichtsgebühren und den Gutachter zu zahlen.

Ich erfuhr, dass einige Käufer kurz bevor die Frist von zehn Jahren ablief und dann nichts mehr geltend gemacht werden kann, noch Forderungen stellten im der Hoffnung, dass es vor Gericht wenigstens zum Vergleich kommt.

In den Kreisen dieser Landsleute soll das sogar immer weiterempfohlen werden.

Wenn man nicht in der Lage ist, sich zu wehren, kann das sehr teuer werden.

Ein guter Freund von mir hatte eine Wohnung in einer norddeutschen Großstadt, in 1A- Lage.
Er bat mich um Hilfe beim Verkauf dieser.
Was war geschehen?
Ursprünglich gehörte diese seinem Schwager. Dieser erkrankte ernsthaft, was die Trennung von der Lebensgefährtin zur Folge hatte. Der Schwager brauchte nun Hilfe und wurde deshalb ins Rheinland geholt.
Mein Kumpel kaufte die Hälfte der Wohnung, die andere Hälfte die ehemalige Lebensgefährtin. Sie wollte nach einiger Zeit auch noch die andere Hälfte kaufen, was ihr zu diesem Zeitpunkt nicht möglich war.
Zu diesem Kauf kam es nicht.
Sie nutzte die gesamte Wohnung, kam aber nicht auf die Idee, meinem Kumpel einen Anteil Miete zu zahlen.
Da sie sich um derlei Dinge anscheinend gar keine Gedanken machte, kaufte mein Kumpel auch noch ihren Teil und machte einen Mietvertrag mit einem Mietzins, der für die Traumlage und die Traumwohnung lächerlich gering war.
Alles was anfiel, zahlte er.
Solch eine Wohnung verkauft man nicht.

Schlüsselerlebnis und damit die Entscheidung es doch zu tun war, dass die Mieterin zu ihrem Vermieter kam, ein Wochenende bei ihm und dessen Frau auf deren Kosten verbrachte und meinte:

„Ihr habt die Wohnung nun schon fast zehn Jahre und habt viel abgezahlt, da könntet Ihr doch mal die Miete kürzen".

Das waren wirklich ihre Worte!!!!

Die Beiden dachten wohl, als sie ihren Besuch angekündigt hatte, dass sie sich nach ihrem schwerstkranken, ehemaligen Lebensgefährten erkundigen wollte.

Weit gefehlt.

Die Wohnung verkaufte sich sehr schnell.

Ausziehen wollte die Mieterin nicht.

Die Käufer boten ihr Geld an, dann zog sie aus.

Eine Kleinigkeit hielten sie zurück, denn sie nahm mit, was nicht niet- und nagelfest war, auch etwas, das zur Wohnung gehörte.

So etwas kommt also auch bei Akademikern vor.

In unserem Mehrfamilienhaus gab es mal wieder eine Neuvermietung in der problematischen Dachgeschosswohnung.

Der nette junge Mann hatte also eine Familie gegründet und sich wohnraummäßig vergrößert.

Er kannte jemanden, der als Nachmieter möglich wäre.

Ich hoffe, er hatte ihn doch nicht so richtig gekannt, anderenfalls müsste ich meine Meinung über den netten jungen Mann ändern.

Es zog ein Single-Mann mittleren Alters ein, der genau zweimal Miete bezahlte.

Dann sagte er jedes Mal, wenn ich ihn aufsuchte, dass ich mein Geld bekäme…..

Er war nach 7 Monaten wieder draußen (da hatte ich noch Glück, dass er freiwillig auszog).

Einmal, als ich da war, lag auf dem Fensterbrett ein prall gefülltes Portemonnaie.

Er hatte kurz den Raum verlassen.

Wenn in mir kriminelle Energie stecken würde, hätte ich heute mein Geld.

Dann zog ein junges Mädchen ein, Anfang zwanzig.

Es ging, solange das Amt bezahlte, alles gut.

Doch dann bekam sie Arbeit.

Ihr (mir bis dahin unbekannter) Mitbewohner meinte, sie würde dort recht gut verdienen.

Er zahlte übrigens immer die Hälfte der Miete, sie „vergaß" nur, es an mich weiterzuleiten.

Auch sie hatte einmal die Sache mit dem Kabel (Stromklau) ausprobiert.

Da staunte ich immer wieder, wie erfinderisch
Menschen sind, die ansonsten ihr Leben absolut nicht
auf die Reihe bekamen.

Sie hatte immer die große Klappe.

Diesmal aber streute sie sich Asche auf's Haupt.

Mittlerweile weiß ich auch warum:

Sie hatte Bewährung.

Hätte ich sie angezeigt, wäre diese eventuell widerrufen
worden.

Einem Nachbar aber steckte sie einen Brief in den
Briefkasten mit üblen Beschimpfungen, weil sie
mutmaßte, dass er mir mitgeteilt hatte, dass sie Strom
stielt.

Für die Nebenkostennachzahlung hatte ich eine
Stundung angeboten.

Diese hatte sie aber von sich aus in kleinere Häppchen
verpackt.

Eigentlich sollten fünf Raten gezahlt werden. So, wie sie
tatsächlich zahlt, dauert es noch lange, bis ich das mir
zustehende Geld haben werde.

Jeden Monat musste ich sie erinnern.

Jeden Monat machte sie mir klar, dass ich froh sein
könne, überhaupt etwas zu erhalten, denn bei ihr sei
nichts zu holen.

Also Klappe halten und froh sein über jeden Cent, der
reinkommt.

Was das Haus abwarf, reinvestierte ich oft.

So kam es, das steuerlich kaum etwas zu zahlen war, was das Finanzamt monierte, weil die Steuerzahlungen für das Objekt von dem Mitarbeiter als zu gering eingeschätzt wurden.

Als ich meiner Steuerfachgehilfin das mitteilte, meinte diese, dass man ja in so einem Fall mal Zahlungen, die für das Haus gedacht sind, nicht angeben sollte, damit das Finanzamt Ruhe hält.

Die Aussage fand ich so dämlich, dass ich ab dann meine Steuer wieder selber machte.

Das 25. Jahr brach an.

Ich war so weit- ich wollte mich trennen (von dem Haus).

Mittlerweile habe ich meine Leidenschaft zu Immobilien so weit ausgebaut, dass ich auch diese vertrieb.

Ich hatte bei meinem Flat eines Anbieters für Verkäufe einen Platz frei und inserierte das Haus.

Es ging relativ schnell.

Wir haben verkauft.

Fast taggenau nach 25 Jahren.

Eine Erleichterung darüber machte sich gar nicht so recht in mir breit.

Heißt es nicht, dass es, wenn man Eigentum verkauft, von da an bergab geht?

Bei mir nicht. Ich sehe es positiv.

Ich werde in Zukunft sehr viel mehr Zeit haben. Zeit, die ich bisher mit Renovierungen, Mieteintreibungen, Diskussionen und dergleichen verbracht habe.

Wie viele Mieter wir hatten, kann ich nicht mehr sagen.

Es gäbe bestimmt noch Vieles zu erzählen.

Titel wegen Zahlungsforderungen habe ich noch elf Stück.

Mein Bruder hat auch einige

Vermieten ist keine schlechte Sache.

Wenn man steuerlich einiges beachtet, kann man ganz legal dem Finanzamt ein Schnäppchen schlagen.

Gerade in der heutigen Zeit, in der von den Banken auf Guthaben nichts oder ganz wenig gezahlt wird, „parken" viele Personen, die über Vermögen verfügen, ihr Geld in Immobilien.

Sehr schlau.

Wenn man die Immobilie pflegt und vor allem nicht leer stehen lässt, kann man nichts verlieren, oftmals sogar einen guten Schnitt machen.

Aber man braucht Nerven, ein dickes Fell und oft eine gute Portion Galgenhumor.

Der Gesetzgeber ist absolut auf der Seite der Mieter.

Natürlich sollten Vermieter, die Unrechtes mit den Mietern vorhaben, in ihre Schranken gewiesen oder, je nach

Vorkommnis, an den Pranger gestellt werden.

Aber es gibt ganz viele seriöse Vermieter- diese sind oft die Dummen.

Der Vermieter hat faktisch kaum Rechte, aber sehr viele Pflichten.

Viele Banken agieren übel.

Hier geht es nicht um Menschen, es geht um Profit.

Der Gesetzgeber hätte eine Menge zu tun, wenn er endlich das Problem erkennen würde.

Herstellung und Verlag:
BoD - Books on Demand, Norderstedt
ISBN 978-3-7460-3469-0